AF597687

# *Una [falsa] diarista*

# SYLVIA AGUILAR ZÉLENY

# *Una [falsa] diarista*

RANDOM HOUSE

El papel utilizado para la impresión de este libro ha sido fabricado a partir de madera procedente de bosques y plantaciones gestionadas con los más altos estándares ambientales, garantizando una explotación de los recursos sostenible con el medio ambiente y beneficiosa para las personas.

**Una [falsa] diarista**

Primera edición: octubre, 2025



penguinlibros.com



ISBN: 978-607-386-263-9

Impreso en México – *Printed in Mexico*

*para mi mamá,*
*por sus libretas*
*en cursiva legible*

¿Quién soy yo y qué mujeres hay detrás de mí?

IDEA VILARIÑO

# una

Soy un ser triste vestido por error de euforia.

Alejandra Pizarnik

## Un diario

Primer día y<br>primer viernes<br>del nuevo año

Un diario, estoy escribiendo un diario. Este es el día uno y no sé bien qué decir. ¿Debo presentarme primero? ¿Entrar en materia? Creo que no puedo iniciar sin contar primero lo que me trae a este cuaderno. Contar lo que ocurre. Lo que *me* ocurre. Cómo-cuándo comenzó a ocurrir y, por supuesto, cómo es que este ocurrir me llevó a terapia y, por lo tanto, a escribir un diario.

Soy una mujer de treintaypocos. Soy una mexicana viviendo en Estados Unidos. Soy una alien legal. Soy una profesora universitaria. Y soy una persona triste.

Digo triste, pero es probable que la palabra adecuada sea deprimida. Porque la tristeza es una emoción pasajera. Y lo que yo siento no se baja del vehículo que soy desde el año pasado. Creemos que es depresión invernal. Amanece, abro los ojos y quiero volver a cerrarlos, cubrirme con la cobija y quedarme en posición fetal. Antes tenía ese deseo solo los domingos, lo cual es normal cuando afuera hay frío y nieve. Pero de pronto comenzó a ocurrirme en martes o en miércoles. Ahora sucede casi todos los días, con frío o sin él. Si no fuera por Abu, que me empuja con el hocico para que le dé de comer, dejaría que el colchón me tragara.

Le he perdido el gusto a la comida y a otros placeres. También a leer y a escribir. Ah, me faltó agregar eso, yo escribo. Pero el verdadero escritor es mi pareja. [Nota mental: escribir de eso en otra entrada de este diario]. Fue él quien sugirió terapia. Me dijo:

—Te ves muy apagada, creo que esto es…

—Depresión invernal, sí, ya lo hablamos. Se me pasará con el cambio de estación.

—No podemos esperar a que pase el invierno. Mira, la terapia será un tune-up, acuérdate de que el motor de la casa eres tú.

Sí, el motor soy yo. Tomamos turnos para cocinar y otras cosas, pero, cuando él viaja, y lo hace muy seguido, el resto está a mi cargo. Cuando digo *el resto* me refiero a las necesidades de esta casa de dos habitaciones, sala-comedor y cocina, con baño y medio y dos pisotes. Pisotes, así, subrayado, porque son tan amplios y se ensucian tanto que necesitan limpiarse con motor.

El motor soy yo.

Y si el motor no anda bien, todo truena. Así que el motor fue a terapia y la terapeuta, después de un intercambio de preguntas y respuestas, dijo que no sonaba a que su padecimiento estuviera relacionado con el clima y prescribió la escritura de un diario, para descubrir qué le pasaba al motor.

El diario y yo vamos a averiguar por qué trueno y no avanzo.

## Tipográfica

Sábado<br>último<br>platillo<br>con pavo<br>de año nuevo

Ya sé que debo seguir la sugerencia de mi terapeuta: pensar menos, escribir y ya, pero los diarios siempre son leídos por alguien más y cuando eso ocurre se descubren detalles no solo sobre la intimidad del o de la diarista, sino también sobre su personalidad, sus manías. Si eso ocurre con este diario en el año 2050 o 2500, quien lea estas páginas dirá que la autora era del tipo tipográfica; es decir, aferrada a los recursos de la escritura: tipos de fuente, tamaños, formatos; también cursivas, negritas, subrayados, paréntesis, bueno, paréntesis no, porque desconfío de su redondez, yo prefiero los corchetes y hasta resaltados... [Nota aclaratoria: estuve a punto de poner highlighteados pero pude contenerme].

Así que vale más que tú, quien quiera que seas, te hagas a la idea de que, en estas páginas, que no sé por qué tienes en tus manos, vas a encontrar a una mujer dispuesta a pensar menos y escribir más; a una mujer capaz de escribir todo, a hacer catarsis, personales y aristotélicas. Catarsis de menor o mayor grado. Pero te advierto, persona que lee lo que se supone que no le corresponde leer, como se trata de escribir sin pensar, no podré evitar los lugares comunes, los sentimentalismos y mis reflexiones absurdas en general. Es mejor que nos hagamos a la idea de que apelaré a todas las estrategias discursivas posibles. Intentaré darle forma y sentido a las entradas de mi diario pero no prometo nada. Aquí también habrá imágenes, algunas serán concretas y significativas, otras más bien abstractas e insignificantes.

Te aviso, además, que te toparás con uno que otro tachón, dirás que es más fácil borrar, pero, ¿a poco no es hermoso seguir el proceso de pensamiento? No sé, lector-lectora, a lo mejor un día alguien ~~de la academia~~ le llamará a lo mío una práctica orgánica de la escritura, pero tú y yo sabremos que más bien la autora hizo lo que le dio la gana. Aquí hay y habrá un poco de todo, si se considera necesario. Seguro haré citas textuales para respaldar mis ideas o para alimentarme cuando me quede sin ellas.

La veré, me verá. Sí, la página me verá. La distraeré poniéndole la fecha en una esquina y remarcando los círculos y las líneas de las letras.

¿De *qué* escribo? Diré al tomar mi pluma, y la voz de mi terapeuta estará ahí, bailándome en la cabeza diciendo: de lo que se te ocurra. De lo que ocurra. Escribe de lo que no hablas. Escribe hasta el fondo.

Ella dijo para llegar al fondo, pero yo quiero escribir hasta el fondo.

## Yo en Geisha

Sábado

Quizá lo que creía el inicio de este diario no sea el inicio. Tal vez es uno de los inicios. Así que aquí va otro:

Un día, hace varios años, conocí a un escritor, que a partir de ahora llamaré Gran Escritor. Yo era la anfitriona de una serie de eventos que se coronaban con su presencia. Mi deber era recogerlo en el aeropuerto, llevarlo a su hotel, a su taller, a todas las charlas, entrevistas, comidas y cocteles de su agenda. También debía atenderlo, sonreírle, reírme de sus chistes y hasta pasarle kleenex si sudaba o estornudaba. Más que anfitriona, sería su geisha.

Pero no fue así. Caminé a su lado, hablamos casi de igual a igual. Los kleenex se los procuró él. Además, si le sonreí o me reí de sus chistes lo hice genuinamente. Lo encontré muy sencillo y encantador para ser la figura que era. No intentó impresionarme con sus conocimientos. Primero hablamos de la historia de mi ciudad, del clima y de los perros callejeando por todos lados. *Allá* los gatos son los callejeros, me dijo. No imaginaba en ese momento que su *allá* se volvería mi *aquí.* Poco a poco comenzamos a hablar de escritura, de autores, de libros, y me hizo sentir más cómoda.

—¿Me firmas tu última novela?

—La más reciente, querrás decir.

Recuerdo que le entregué el libro con el respeto que solo una geisha sabe ofrecer.

—Te firmo si *y solo si* me acompañas a tomar algo o, mejor aún, a cenar.

Todas sabemos qué quiere un escritor cuando te invita a cenar. Mi instinto fue decir no. Insistió.

—No hay nada más triste que cenar solo.

—No cenar es más triste.

Me miró con ojos de cachorro callejero pidiendo un pedazo de algo. Quería decir que no, pero quería decir que sí, sentirme distinta a las que tenían que hacer fila para obtener su firma. Quería su atención. Necesitaba su atención.

Una toma decisiones estúpidas cuando tiene el corazón roto. El mío, además, guardaba un resentimiento que rasguñaba el deseo de venganza. Acepté.

El resto es historia. Una historia que contaré después en este diario. O no.

## Mi corazón, un desastre

Sábado
medianoche

Mejor la cuento de una vez.

Creo que el inicio de todo no fue cuando conocí al Gran Escritor, sino la época anterior, cuando mi corazón era un desastre. Antes de él había estado enamoradísima. Tanto, que perdí un poco la vista; tanto-tanto, que no alcancé a ver que no era del todo correspondida.

Nadie te dice que lo malo del amor no correspondido es que, en ocasiones, viene acompañado de toxicidad. *Tu* toxicidad.

Pude haberlo dejado así, como ese algo casual que ninguna de las dos planeó.

Pude haberlo dejado fluir, como ella lo pidió.

Pude habernos dado tiempo y sanar en silencio.

Pude y pude, pero no quise.

Fui muy intensa. Después de que ella terminó con lo nuestro, aproveché mis dos semanas de vacaciones para entregarme a los excesos consabidos: beber, coger, comer y escribir los peores poemas. Lila, mi hermana, aunque estaba en desacuerdo con mis estupideces, decía que yo no iba a entender hasta que tocara fondo:

—Porque ya, una vez ahí, agarras vuelo y otra vez a la superficie.

—O me quedo ahí.

Lila escuchó a fondo mis quejas hasta que me volví repetitiva. Entonces, ella y el regreso al trabajo me hicieron volver a la vida real. Guardé mi corazón y mi resentimiento y me presenté en la oficina. Dos meses después vinieron los eventos con Gran Escritor.

Cuando me asignaron la tarea de anfitriona me molestó la posibilidad de ser su geisha y, al mismo tiempo, me emocionaba. Yo a ese hombre lo había leído y subrayado. En las páginas lo encontraba inteligente. En la vida real —descubrí— era mordaz. Me hizo reír cuando necesitaba reír.

En esa primera cena, todos los asistentes competían por su atención rememorando pasajes de sus libros perfectamente, él los escuchaba y sonreía, pero su energía estaba dirigida a mí. A mí que solo era una peona de entre ese enorme tablero de egos que era la facultad. De pronto una pregunta, luego un parafraseo a mi respuesta. Más tarde una que otra aprobación a lo que yo comentaba. Me hizo sentir valiosa.

Cuando menos pensé, ya estaba sentado a mi lado.

—¿Qué hacemos entre tanto viejito aburrido? Vámonos.

—¿A dónde?

—A donde usted diga, voy.

Lo llevé a mi bar favorito y ahí fuimos felicidad, confianza, camaradería, y todo lo demás que te regala el alcohol. Pronto, él estaba admirando mi voz dulce, mi sonrisa de perlas, mis ojos de lucero…

—Señorita, deténgame o alguien la demandará por *obligarme* a caer en tantos lugares comunes.

No lo detuve y siguió con los lugares comunes, uno peor que el otro. El bar comenzó a vaciarse y nosotros a llenar nuestra plática de autores extraordinarios: a su Bolaño yo le respondí con Enríquez, a su McEwan yo le dije que McCarthy, los dos hablamos de Lahiri, y él de Cercas sin dejarme hablar de Ferrante. Luego me dio una cátedra sobre el autor que más había influido en él:

—Cuando me preguntan dónde aprendí a escribir digo que he tomado clases con todos los rusos y con Barthelme.

[Nota literaria: Nunca había oído hablar de Barthelme y los meses siguientes me encapriché hasta conseguir todos sus cuentos].

Llegaron dos mezcales y me sentí cómoda de contarle que yo jugaba con verso y prosa, exploraba imágenes para escribir *cosas*. Él se tomó la molestia de corregirme:

—Poemas, lo que escribe usted son poemas, o prosas poéticas, pero no cosas, señorita.

Me compartió sus procesos de escritura, tomé nota mental de todo. Quería correr a casa y poner manos a la obra y, al mismo tiempo, quería quedarme ahí para siempre, a su lado.

La charla viró a su otro tema favorito, la música. Cantantes y bandas: Yo, Bowie; él, Byrne; él Joy Division; yo, The Clash. Yo dije Neneh Cherry; él dijo que era su placer culposo.

—Para alguien de tu edad tienes gran gusto.

—Para alguien de tu edad tienes gran oído.

Me convenció de que hiciéramos juntos un top ten de los mejores discos. Me alegró que no quisiera un top de los mejores autores, porque seguro habría quedado debiéndole. Sus últimos diez años no eran parecidos a los míos. Entendimos que mientras yo escuchaba a Flans, él era un adulto asqueado del pop. Entendimos que la música que le gustaba era la misma que escuchaba la más joven de mis tías. Entendimos la diferencia entre nuestras edades. Entendimos que íbamos a ignorarlas.

Tercera ronda de mezcal: Hablamos de amor. Citó a varios poetas y a José Alfredo Jiménez para explicarme el amor. Me preguntó cuán roto estaba mi corazón.

—¿Se nota?

—It takes one to know one.

Le conté generalidades. Evité detalles y pronombres, acostumbrada a protegerme. Pero luego pensé que él, como Escritor libre-pensador, tenía que entender; por eso, cuando me preguntó si el que me había roto el corazón también escribía, no tuve problema en contestar.

—*La*, no *el*. Y no, no escribe.

—…

—¿Algún problema?

—Pero, tú no eres lesbiana, ¿o sí? Porque si estás aquí, conmigo, significa que también te gustan los hombres.

—…

—O que te gusto yo.

[Nota detectivesca: ¿Hice algún gesto?, ¿dije algo? Me pregunto por qué no me fui].

—Soy bisexual pero…

—No te gusto yo.

—…

—Bueno, pues tú a mí me encantas.

Llevaron la cuenta y pensé que con eso se cerraba la escena. El episodio. Todo. Se iría, no nos volveríamos a ver nunca y nadie me creería que él, ese Gran Escritor, me había dicho: Tú a mí me encantas. Estaba equivocada.

—Te lo digo en serio, me gustas.

—…

—Nunca he estado con una bisexual. Y me gustaría, ¿eh? Es más, me dan celos las personas bisexuales. También me dan curiosidad.

—…

—Seguro que hombres y mujeres te siguen como abejas a la miel.

—Las abejas no siguen la miel, la hacen.

—Cierto, abejita. Lo que quiero decir es que seguro te ven como un gran partido

Yo en esos días me sentía más partida que un buen partido. No sé si le dije algo, pero su torpeza me hizo sentir incómoda y debe haberlo notado. Imagino que al darse cuenta de su error, y para recuperar el terreno perdido, rumbo al hotel se concentró en hablarme de su hija.

—Susan fue razón y vida de mi matrimonio. Me ha hecho mejorar como ser humano.

—¿Cuántos años tiene?

—Oye, desayunas conmigo mañana. No es pregunta.

Acepté su invitación. Era un Gran Escritor y quería que fuera mi Gran Escritor. Y yo, abeja o no, aunque bisexual y menor, le gustaba. No, le encantaba.

Al otro día comimos poco, pero hablamos mucho. Nos preguntamos sobre la historia de nuestros apellidos. Un jugo de naranja para cada quien. Compartimos anécdotas de padres y abuelos. Dos cafés, uno con leche. Travesuras con primos y primas. Dos cafés más. Me habló del pequeño pueblo gringo donde daba clases. Le hablé de mi familia. Me habló de la suya. Me contó del libro que estaba escribiendo. Le conté del que yo quería escribir.

—No se habla de lo que se quiere escribir, se habla de lo que se escribe.

—Es que entre el trabajo y la maestría no tengo tiempo de nada.

—Cuando no se escribe, se trabaja en la escritura. Eso lo dijo Arthur Miller.

[Nota bibliográfica: Lo dijo Henry Miller, confusión común].

Cuando menos pensé, nuestra conversación casual se volvió su taller de escritura. Me recomendó libros como quien da remedios para el dolor. Me hizo preguntas, se dio respuestas. Me dijo algo que hasta la fecha repite en todas sus conferencias:

—Trama, todo el peso está en la trama: El rey murió y luego, de pesar, la reina murió. Lo dijo E.M. Forster.

A las doce de mediodía él ya había pedido una cerveza. Me hizo un resumen de sus eventos de la semana siguiente en otra ciudad. Su calendario entero de promoción por su nueva novela. A las dos cervezas:

—Después me tomaré descanso en un lugar con lagos, montañas y montón de tiempo para escribir. Deberías venir.

Puso su mano sobre la mía. [Nota confesional: La quise quitar, ¿no quise o no pude?].

—Voy a ser directo: Me gustas, ya lo sabes. Pero puedo dejar eso de lado y verte como una colega. Vente conmigo a escribir, a leer, ¿qué tal que intercambiamos textos y nos damos comentarios?

[Nota confesional 2: ¿Dije algo? ¿sonreí? ¿qué hice? ¿por qué recuerdo con más exactitud sus palabras que mis gestos y sentires?]

—Piénsalo. Tú, yo, nuestros personajes y nuestras tramas.

Dije que sí y después de ese primer viaje lo nuestro se volvió un vaivén entre viajes y rompimientos y reconciliaciones. Hasta terminar juntos en este pueblo en el que ambos damos clases y él escribe una novela y yo un diario de la tristeza.

Trama, todo el peso está en la trama. O tal vez: Todo el pesar viene de la trama y ¿a quién le gusta eso? [Nota para el viernes: hablar de esto con la terapeuta].

## Dolor de dedos

Domingo<br>por la mañana

Mientras ponía el filtro a la cafetera me di cuenta de que me dolían el medio, el índice y el pulgar de la mano derecha. Solté el filtro. Puse mis dedos en tres, los miré fijamente unos ocho segundos hasta que lo entendí. Me duelen por escribir a mano.

Si el dicho es: La letra por sangre entra.

En mi caso es: El alma por dolor de dedos sale.

Aunque todavía me parece ridículo escribir un diario, este dolor me gusta, se siente como un logro.

## Tú solo escribe, pero en tu diario

Viernes de terapia

—¿Tengo que enseñarte lo que escribí?

—Para nada. Pero sí cuéntame, ¿cómo te ha venido hacer este diario?

—Pues.

—...

—Cuando me dijiste: Escribe de lo que se te ocurra, me preocupé.

—¿Por qué?

—Porque a mí se me ocurren muchas cosas.

—Mejor, de eso se trata esta práctica.

—Es que yo no sé si las cosas que se me ocurren tienen cabida en la página que comience con la frase *Querido diario.*

—No dije que escribieras Querido diario.

—Oh.

—Tú solo escribe, escribe lo que se te ocurra.

—Ok. [Digo Ok, pero en realidad no pienso Ok, insisto: a mí se me ocurren muchas cosas aunque no *me* ocurren muchas cosas, especialmente después de las seis de la tarde porque a esa hora ya estamos en casa después de llevar el perro a caminar, ya cenamos, lavamos los trastes y los secamos. A esa hora estamos a punto de sentarnos a ver alguna película, a calificar o a leer cada uno por su lado, o a beber juntos]. Lo que se me ocurra, ok.

—No lo pienses tanto. Escribe de lo que se te venga a la mente, puede estar relacionado con tu día, algo que recordaste, lo que sientes. Lo que sea.

—Lo que sea, bien. [Voy bien, estoy escribiendo lo que sea. Y ya me veo a mí misma escribiendo de Gran Escritor en vez de escribir lo que tengo que escribir, pero, ¿qué tengo que escribir?].

—Escribe para descubrir, para descubrir*te*. Escribe para *restaurar*.

—[Mi terapeuta acaba de hablar en itálicas, ese es mi poder, yo reconozco las itálicas, las negritas y el subrayado cuando la gente habla]. ¿Restaurar?

—Digamos que eres un cuadro o escultura que ha estado guardada y que el polvo, el tiempo... la *vida* ha tenido efectos en tu lienzo.

—En mis sesiones contigo voy a restaurar*me*, entiendo.

—Vamos a restaurar, como si se tratara de una pieza de arte, para ver qué hay debajo. Para reconocer la pieza completa y entender.

—Entender*me*.

—Exacto.

## Café, té, o lo que sea

Martes penúltima semana<br>antes de que inicie el semestre<br>y todos estamos sacando copias

Hoy ha llovido todo el día. Y a pesar del paraguas y las botas de lluvia, llegué empapada a la oficina de la universidad. Todos ahí, instructores, profesores, asistentes y personal administrativo, todos tibios y secos, me miraron como bicho raro. Bicho mojado, más bien. El aire acondicionado me hacía tiritar. Nadie dijo nada. Si hubiera llegado así a la oficina de una universidad en cualquier lugar de México, la escena sería distinta: Profesora, ¿estás bien?, ¿tienes frío?, ¿necesitas algo? Mira, profe, ponte este suéter, lo hizo mi mamá. Mira, yo traje este caldito para el lonche, échatelo, no te hagas, mejor dale del tequila que escondes, no te hagas güey.

Acá en cambio solo presentí un *there, there* en las miradas de un par de mujeres.

Eso es algo a lo que nunca me voy a terminar de acostumbrar, aquí la gente no dice nada. *There, there.* No saben qué hacer con las emociones, las propias, *there… there*, las ajenas No sé si es algo de este país o de este estado, de esta ciudad, de esta universidad.

Aquí nadie te ofrece caldito, ni carga el suéter que le tejió la mamá.

Entonces entró Gran Escritor a la oficina, también empapado. Me vio y me dijo:

—Pareces pollito mojado.

Me sacudió el cabello y me dio un beso en la frente. Al oído me dijo una de *esas* cosas, lo que me haría si no estuviera nadie alrededor. Me separé con brusquedad, sentí mi cara enrojecer. Le gusta decir cosas así cuando estamos en público. Es un placer que yo de veras no comprendo.

Después, como si nada, saludó a todo mundo y todo mundo le hizo fiesta, Professor, you ok? Heavy rain? Need anything? Etcétera. Etcétera. Contestó a cada uno con el encanto que le caracteriza, sonrisa y hoyuelos en las mejillas. Fue a la cocineta por dos tazas y nos preparó té. Me entregó el remedio para ese clima con un beso breve, las mujeres lo celebraron con un Awww, hipnotizadas con su caballerosidad.

—How lucky you are!

Sonreí con cara de Lo sé, soy suertuda, mientras observaba que mis clases de este semestre estaban al límite. Dos grupos de treinta y uno de veinticinco, multiplicados por cuántos ensayos dan como resultado, ¿cuántas horas de calificar?

—Te dieron la clase que querías, Flaca.

—Sí, un poco de literatura en mi vida, al menos.

—¿Viste? Poco a poco. Yo solo daré un grupo de narrativa este semestre, ¿te dije?

—No.

—Y de un día a la semana, podré darle más a la novela.

—Genial.

—Este es nuestro año.

## Una profunda limpieza emocional

Miércoles
a secas

Gran Escritor está fuera de la ciudad, investigando para su nueva novela. Se supone que viajaría hasta la próxima semana, pero discutimos. La tensión no lo dejaba escribir y su método para aliviarla está fuera de servicio, así que se fue.

Yo tampoco había podido volver a escribir en mi diario. No por la tensión ni por la falta de alivio, sino por el inicio del semestre que siempre es duro. La libreta blanquinegra, con renglones y margen rosado, me miraba de reojo. A ver a qué horas, me decía. Y yo ignorándola. Me obligué a retomarla, pero, en vez de escribir, me puse a releer lo escrito y después decidí capturarlo todo en mi laptop, digamos que no quiero perder ni un solo día. Lo más difícil es resistir las ganas de editar, mejorar esto, desarrollar aquello, hacerme una mejor vida, hacer trampa, pues.

He descubierto dos cosas sobre escribir diario: 1) Conlleva una profunda limpieza emocional que 2) le quita el polvo al pasado pero que no puede pulir el presente para que brille y

3) como ocurre con toda limpieza, una encuentra cosas que creía perdidas.

Al transcribir me acordé que de niña llevaba un diario, ¿cómo pude haberlo olvidado?

Se lo diré a la terapeuta en la próxima cita [Nota terapéutica: Vamos a comenzar a vernos quincenalmente, lo cual me hace sentir que no estoy tan mal, pero, si la terapia continuara una vez a la semana, tal vez podría salir de esto más rápido].

Creo que mi diario lo empecé en quinto o sexto de primaria y, como suele ocurrir con todo lo que me gusta, terminé por abandonarlo. Lo retomé en la preparatoria, pero creo que más bien lo que escribía ahí eran mis primeros intentos de poesía.

Lo más sorprendente es que dos de esos diarios se vinieron conmigo a este país. Se vinieron, lo digo como si tuvieran libre albedrío. Los diarios los traje yo. Los puse en la misma caja, donde tenía lo que considero abandonable pero que en realidad no puedo abandonar:

- poemas
- microficciones
- ensayos
- recibos
- fotos polaroid
- plumas bonitas y sin tinta
- aretes sin par

El diario es terapia, leí en una revista. Mi terapeuta dice que más bien es terapéutico. Entiendo la diferencia, cómo lo hacía y qué sentía al hacerlo. Tal vez deba también reescribirlo para saberlo.

Me preocupa y me da curiosidad saber de qué escribía y cómo lo hacía.

Me intriga si este nuevo diario lo continuaré más allá de la terapia. O si de pronto dejaré pasar cuatro, ocho, dieciséis días o meses sin escribir. Puede que este diario de adulta termine al lado de las polaroid, debajo de los aretes sin par.

Sin par.

Querido Diario,

Híjole, no. ¿Cómo te voy a llamar querido si no te conozco? O sea, apenas llegaste, te quité el plástico y puse mi nombre en una de tus páginas, seguro todavía ni te lo aprendes. Mi nombre es con y griega. Ya sé que es raro, todo mundo me lo dice. Pero así me quiso poner mi mamá que se llama igual pero con i latina. O sea ella es normal. Yo no soy normal, y a veces me gustaría ser normal. Como mi hermana. No es cierto, mi hermana es una anoooormal, a pesar de que a ella le tocó el nombre de la abuela.

La verdad la verdad, diario, no eres idea mía, sino de mamá. Ella nos compró estos cuadernos a mí y a mi hermana, los forró y les puso: D I A R I O DE ____________ y nos los entregó. Para que se entretengan, dijo. No quiere que veamos tanta televisión.

Te apuesto que mi hermana ni va a escribir nada. Si acaso va a dibujar cosas. Yo sí, yo voy a escribir mucho. No sé de qué, pero ya se me ocurrirá.

## Barbie jugando a la casita

Viernes

De niña, aparte de escribir mi diario, jugaba a las Barbies. Habrá quien diga que lo sigo haciendo. Y es que así nos bautizamos él y yo: Ken y Barbie. Comenzó cuando, en nuestro primer viaje a la playa, le dio por decirme Barbie Malibú. Yo lo bauticé como Ken Panza.

—No, Ken de Kansas.

—Pero tú no vives en Kansas.

—No importa.

—Entonces eres Ken Panza de Kansas.

Nos reímos tanto. Esa fue una época divertida. Bueno, es que juntos somos divertidos. Nos encanta hacer planes, salir al campo con el perro, hacer sesiones de música a todo volumen. Hacer fiestas e ir a fiestas, bailar aunque él no tenga ritmo. Ir a conciertos de bandas que le gustan, o de bandas que cree que me van a gustar. Preparar playlists para viajes, vacaciones, ocasiones especiales o insignificantes.

Después de ese primer viaje a la playa vinieron otros, que dependían de nuestras agendas de trabajo. Nos veíamos en una ciudad o en otra. Nunca en la suya.

Entre uno y otro viaje y uno y otro rompimiento o reconciliación, propuso probar una vida juntos en su pueblo en medio de la nada.

—Te vienes conmigo una temporada. Tus vacaciones en la uni son de tres meses, ¿no?

—Sí.

—Pues ya está.

—¿Y qué voy a hacer?

—Lo que quieras, tantear el lugar, leer, ayudarme.

—¿Ayudarte a qué?

—A escribir, boba.

—¿Cómo?

—Inspirándome, claro.

Pasé de Barbie Malibú a Barbie Exploradora a Barbie Musa. No lo pensé entonces, pero éramos ya una parodia de la parodia que hizo A.M. Homes a Barbie en "A Real Doll". Con sus diferencias, por supuesto. En el cuento el niño se enamora perdidamente de la Barbie que su hermana menor maltrata. En nuestro cuento yo era una muñeca idolatrando al hombre.

Mi temporada se acabó y volví a casa. Luego propuso una temporada más larga. Al principio fue raro. Nunca había vivido con una pareja. Nunca había tenido que negociar tazas y horarios, pero me fui adaptando. A las tazas, a los horarios. Unos días antes de mi regreso dijo:

—Puedo conseguirte empleo en la universidad, iniciarías el próximo año.

—¿Cómo? No tengo papeles.

—Podemos casarnos.

—Muy romántico el trámite.

—Lo es. Barbie, te amo y lo sabes, si me arrodillo capaz que te burlas.

—Es cierto.

—Se trata de que te quedes y tener una vida juntos.

Me tuve que regresar a México. Deshacerme de muebles, de ropa, de una parte de mi vida y meter el resto en maletas grandes y pagar sobreequipaje. Volví a este pueblo en medio de la nada y, como marca la ley, nos casamos ochentaynueve días después.

A un matrimonio práctico le corresponde una boda práctica. Escribimos nuestros votos a puño y letra. Agarramos los testigos de la calle. Mi familia no pudo venir. Su hija no quiso o no la dejaron, nunca supe. No hubo fiesta y la luna de miel consistió en recorrer cuatro estados de este país. Yo leyéndole libros en voz alta, él corrigiendo mi pronunciación del inglés.

De vuelta en el pueblo nos pusimos a jugar a la casita armando muebles de IKEA, pintando paredes e instalando persianas. Él eligió la pared central de la sala para sus fotos de los Álvarez Bravo, y yo me quedé las del estudio para mis tres fotos de Daniela Edburg. El resto de la casa lo decoramos con chucherías de mercado de pulgas. Luego adoptamos a Abu, nuestro perro entrado en años y dolores.

Luego vinieron días más exigentes: preparar clases, asistir a juntas, calificar, organizar agendas, mantener nuestra casa y vidas en orden. En casa o de vacaciones la vida es coger, reír, beber, o leer juntos, charlar o discutir de libros, reñir para luego besarnos y el ciclo vuelve a empezar. No necesariamente en el mismo orden o en la misma cantidad, pero estupideces todas de comedia romántica que hasta me debería dar vergüenza escribir.

Henos casi cuatro años así.

Por eso no entiendo por qué me siento decaída, pero presiento que, si no lo averiguo, voy a acabar tan maltratada como la Barbie en el cuento de Homes.

## Hablar triste, tristísima

Domingo

Cuando recién llegué aquí llamaba a mi mamá un día sí y otro no. Ahora la llamo los domingos o cuando la necesito. Pienso en ella siempre, eso sí. O pienso en mí y en cómo quisiera que ella me sacudiera esta sensación. En nuestra llamada de hoy, me dijo:

–Te oyes desanimada.

—Es cansancio.

Me pregunto si me creyó.

Ayer me llegaron dos postales que me enviaron ella y mi hermana hace dos meses. Es como si el servicio postal de los dos países más que lento fuera atinado, entrega las cosas cuando una más las necesita. Las postales son de mi playa favorita. Ahí pasaron el año nuevo con la familia extendida, o sea, las amigas de mi mamá y sus hijas.

En su postal mi mamá escribió: Estás con nosotras.

Con una extensiva labor de traducción emocional, puedo decir que la postal de mi mamá en realidad dice: No estés triste, nos tienes a nosotras, no pasa nada, existe el mar. Mi mamá habla en Bodoni, es la tipografía que mejor la describe. Así es ella, un contraste entre trazo fino y trazo grueso, ofrece una imagen frágil, pero es fuerte y firme. Mi mamá sabe que algo me pasa. Y sí, algo me pasa, pero no sé qué. Solo sé dos cosas:

Estoy triste.

Tristísima.

Vivo en una ciudad que no elegí, llegué persiguiendo al hombre que me eligió. Mi cuerpo se siente un poco raro. Estoy incómoda la mayor parte del tiempo y en todos lados. Me siento sola cuando él no está. Y a veces, cuando está, también. Estoy triste y la terapeuta me pidió que escribiera y lo único que quiero escribir es eso: Estoy triste.

Una plana de: Estoy triste.

Quiero ser honesta y decirle a mi mamá: No me oigo desanimada, no es cansancio. Me oigo triste porque estoy tristísima. [Sí, se lo diría en Arial para no dar espacio a las interpretaciones, para que no tenga duda alguna.].

Diario,

Fíjate que hoy mi mamá se enojó con nosotras. Nos llevó al centro comercial a comprarnos ropa y zapatos para el concierto de papá. Había cosas muy muy lindas, pero sabes qué hizo? Nos eligió vestidos igualitos, bueno, el de mi hermana dos tallas más grande que el mío. No mami, dije yo. Ni que fuéramos cuatas, mamá, dijo Lila. Pero si están bien chulos, dijo ella.

Le prometimos no ver tele. Le prometimos portarnos bien y limpiar el cuarto. Le prometimos ayudar más en la casa. Le prometimos todo lo que pudimos y ni así. Entonces le hicimos un numerito en la tienda. Yo llorando, mi hermana rabiando.

Y pues se enojó.

## Susan Sontag Tesoro

Miércoles

La gente normal odia los lunes, yo odio los miércoles. Son eternos, están a la mitad y sientes que no avanzas. Además, estoy acostumbrada a que los miércoles yo no doy clase y él sí y no lo veo todo el día. A veces si no estamos dando clases, el miércoles es el día que cada quién hace lo suyo. Hoy, en vez de quedarme en casa a quejarme de que es miércoles y estoy sola, me vine a la cafebrería.

Desayuné y almorcé. Atiborré mi mesa de libros que no voy a comprar y libros que podría usar para una de mis clases. De entre todos encontré uno, solo uno que me pedía ser comprado: *Renacida*, el primer volumen de los diarios de Susan Sontag. En español. Es lo lindo de las librerías de segunda, encuentras tesoros en todo idioma. [Nota emocional: Llamarle tesoro a Susan Sontag, ¿contará como cursilería?]. Al salir, mensaje de texto de Ken:

Entrando a la ciudad.

Qué alegría.

No cocines, llevo algo.

Por eso te amo.

## Kung Pao Chicken

Miércoles<br>en la noche<br>luna llena

Hoy Gran Escritor trajo kung pao, arroz frito y un consomé delicioso. Luego, como es costumbre, nos leímos en voz alta la fortuna de las galletas. La mía decía:

YOU WILL MAKE A CHANGE FOR THE BETTER<br>WITHIN THE YEAR

—Ya sé cuál quiero que sea el cambio en tu vida, mi Barbie.

—Qué bueno que tú lo sabes.

YOUR HARD WORK<br>WILL BE REWARDED

—Yo creo que esa galleta debería ser la mía.

—Barbie, con la fortuna no se juega.

Besos, hubo besos después de las galletas de la fortuna. Hubo abrazos, hubo caricias, hubo intento de sexo, pero al final no hubo nada y esta vez sí llevó a una discusión. Gran Escritor, con dos tragos de whisky encima, me recordó lo paciente que ha sido. No pude explicarle qué me pasaba. Él me preguntó si estaba teniendo dudas, si extrañaba estar con una mujer. No se trataba de eso. Ya hemos tenido esta discusión otras veces y de nuevo no sé si me creyó. Se bebió el resto de la botella y se fue a la cama.

[Nota autoevaluativa: ¿Se puede mejorar, digo, recuperar el deseo en un año?]

Diario,

Ya llegamos del concierto de papá. Estuvo bien, pero hubo partes aburridísimas. Especialmente cuando cantó la mujer. Pero me gustó su vestido. Yo me sentía bien tonta vestida como la fotocopia enana de Lila.

Ella sí se lo pasó bien, claro como a ella le tocó subir al escenario y darle flores al final.

Papá y ella son los músicos de la familia y tienen como su mundo y no nos invitan más que cuando tocan el piano y necesitan aplausos. Los odio. Bueno, no. Nomás a veces.

## Estado de Tristeza

Jueves
nublado

Amanecí nublada. Nubladísima; trato de convencerme de que, con el inicio del semestre, el cambio de estación y la terapia voy a volver a ser la misma de antes. [Duda seria: ¿Antes de qué?].

Yo no sé qué sea, pero hoy no me dan ganas de dejar la cama.

Lo único bueno de ser profesora de horas sueltas es que no tengo que presentarme a la universidad hasta que inicien las clases, puedo darme el lujo de quedarme en casa.

La tristeza, aplastar la tristeza que no sé de dónde viene.

Por eso escribo este diario, para descubrir la raíz de mi estado de ánimo. Lo único que he descubierto es que soy un estado sin ánimo y mi emblema es una cobija alrededor de un cuerpo decaído.

Antes de irse a la universidad, Ken vino, me dio besos pequeños, besos medianos y luego uno de esos besos que yo sé a dónde quieren ir. Lo detuve. Pero ahora no se molestó, me dijo:

—Que te sientas mejor, Barbie.

Sonrió y dejó una luz en mi oscuridad. Sé que en algún momento del día me va a llamar para asegurarse de que me levanté, me prometerá hacer la cena para que yo no cocine. Me encontrará en piyama, pero bañada y con la mesa puesta.

Falta mucho para eso, ocho horas y diez minutos exactamente, así que dedicaré las próximas siete y media horas a transitar mi desánimo por esta casa.

## Terapia

Viernes

El motor de la casa ahora sí fue a terapia. La sesión fue buena, pero mi mente no ha dejado de rumiar, la turbina sigue andando. Todo por contarle lo que pensaba de mis diarios de infancia. Lo boba que me parecían mi escritura y yo.

—¿No te parece que estás siendo muy severa?

—¿Cómo?

—Imagina que no eres tú, imagina que es una niña cualquiera a quien estás conociendo a través de sus diarios.

—Okey…

—¿Le dirías eso?

—Mnno.

—Yo te invitaría a seguir leyendo, pero esta vez, más que usar el juicio, quiero que te leas con mirada curiosa.

Querido Diario:

Me gusta estar sola
y me choca estar sola.

Cuando era más chica me gustaba jugar a las Barbies sola porque así podía hacer y decir lo que quisiera, inventar mis propias historias, imaginar los mejores escenarios. Mi hermana y mi papá se burlaban un poco. Dejen a la nena en paz, les decía mi mamá. Jugar a solas era suave. Podía pasar horas y horas y horas y horas y horas. Ahora las Barbies me aburren.

En la escuela no me gusta estar sola. Me choca no ser de la bolita popular, me chocan mis amigas que solo quieren hablar de niños y me chocan los niños porque no me dejen jugar futbeis con ellos en el recreo. Me choca la escuela, punto.

En la casa, cuando mi hermana está en sus clases de piano, el cuarto es para mí sola y me gusta, prendo el radio, bailo, canto canto y canto.

Diario, ¿sabes qué me choca más que la escuela? Mis papás, es que se pelean a cada rato y en público. Antier fue en un restaurant, ayer en la tienda, hace rato en la academia.

Y aquí en la casa es peor. Estábamos viendo la tele, milagro, y comenzó la cosa. Dos portazos y muchos gritos fueron suficiente para que mi hermana me arrastrara al cuarto.

Como es la mayor, nos tiene que cuidar.

Puso la radio, la estación que nos gusta, y no hablamos de lo que pasó, nos pusimos cada una a hacer algo, o a hacer como que hacíamos algo. También hicimos como que no oíamos. No se entendía lo que papá y mamá decían, pero no hace falta.

To: femme33@gmail.com
From: soundtracking@gmail.com
Subject: soy un hilacho

Querida Nadya:

¿Todavía se vale decir feliz año nuevo?

Ya sé que te debo como ocho emails y casi un año de noticias desde este pueblo en medio de la nada. Si esta amistad existe y sobrevive es por ti. A veces creo que yo nomás la descuido, o la saboteo, dirías tú. Entro en materia, pero primero: vamos a fingir que nos vimos la semana pasada en un café para poder irme al grano.

Voy a terapia.

¿Por qué? Porque comencé a sentirme como hilacho de falda vieja. Eso trajo problemas en casa y decidimos que necesitaba terapia. Encontré una mujer muy inteligente y que, fiuf, es bilingüe. Eso de hablar de una en la lengua madrastra no era opción. Traducir las emociones en palabras ya es complicado, ahora traducirlas en palabras y luego en palabras del otro idioma, qué locura.

La terapeuta ya me dejó tarea. Un diario, estoy escribiendo un diario. A diario. En realidad, ahora debería estar escribiendo mi diario en vez de un email. Pero escribir es escribir. Escribirte a ti es más que escribir, es abrir.

Dime la verdad, ¿te parece que un diario a esta edad es patético?

Ridículo, a mí me parece ridículo. Aunque creo que lo comienzo a disfrutar.

¿Te conté alguna vez que de niña hacía diarios? A veces escribía todos los días, varias veces al día. A veces pasaban semanas y ni lo tocaba. A veces pasaba horas y horas escribiendo. Me fascinaba sentarme a escribir y lo escribía todo. Lo que me pasaba, lo que veía, lo que creía, lo que escuchaba. Ni siquiera sé por qué o cuándo lo abandoné. Sé, eso sí, que los hice por varios años. Siempre usaba el mismo tipo de cuaderno Scribe de forma italiana. Les ponía calcamonías y la primera página tenía mi nombre gigante y adornado de flores, nubes, mariposas. Cursilerías, pues.

Y no me lo vas a creer, ¡tengo un par de esos diarios conmigo! No sé qué me hizo empacarlos cuando me mudé acá. He estado leyendo el primero. Mi papá todavía vivía con nosotras.

¿No te pasa que hay momentos del pasado que tienes completamente borrados y de pronto basta una pieza para que se te aparezcan primero en fragmentos y luego el momento entero? Así me siento mientras rasco este diario. Lo que me desespera es que nunca puse fechas. Y ahora que lo pienso en el diario que llevo ahora tampoco las he puesto. ¿Qué diría mi terapeuta o Freud de eso?

El resto de mis diarios aún están en casa de mi mamá.

Quisiera pedirte un favor y se vale decir que no. ¿Crees que puedas ir por ellos y escaneármelos? Le pediré a mi hermana que te los busque. Preferiría que tú y ella no los leyeran, pero, si ocurre, ocurre. Les parecerá extraño conocer ese lado de mí. Para mí lo ha sido, releerme ha sido extrañísimo.

No me reconozco. Es curioso pensar que una parte de nuestras vidas está en papel y pluma, encapsulada en un cuaderno a rayas.

Encapsulada.

Así me siento, pero no en los renglones sino en las paredes, el piso, las ventanas de esta casa. Encapsulada.

Esto debería ser tema para otro email, pero ya empecé y mejor le sigo:

Las cosas con Ken a veces muy bien, a veces muy no tan bien. No me dan ganas de ahondar en eso porque el problema soy yo. Ay, seguramente me encuentras súper melodramática, pero ya me conoces.

Anyway, algo pasa. Algo me pasa. Y por eso heme aquí a nuestra edad escribiendo un diario.

La terapeuta lo puso lindo: Escribe como si se tratara de restaurar un cuadro.

Yo me siento más bien como una foto venida a menos. Una foto que la luz y el polvo borran. Y esta foto, para variar, ni te ha preguntado cómo estás y qué hay de tu vida, de tu nuevo puesto en la editorial. ¿Cómo va ese corazón, amiga de mi corazón?

Abrazos, Yo

P.S. ¿Por qué no tomas vacaciones y me traes los diarios tú en vez de mandarlos por paquetería? Ya sé que piensas que a él no le caes bien, pero él viaja mucho, ni lo verías.

## Fechas

hora, día, año

No sé si debería poner fechas a este diario si todos los días de todos los años en esta ciudad se sienten exactamente iguales, con excepción del clima, claro.

Diario, las cosas siguen raras en casa. Y como no sé qué más escribir aquí se me ocurrió copiar un cachito de Platero y yo, un libro que dice mi hermana que era de mi mamá cuando era chiquita. Me dijo: Me lo dio a mí, pero no me interesó, a lo mejor a ti sí.

Lo empecé a leer y no sé si me gustó o no. A veces sentía ternura y a veces como tristeza. El libro tiene caritas y subrayados. Le pregunté a mi hermana si ella lo había hecho o mi mamá. ¿Quién crees? No sé. Pues no te voy a decir, ahora ponte a leer y déjame estudiar. Ahora pasamos más tiempo en nuestro cuarto, especialmente cuando papá y mamá están en casa y de malas.

Hay una línea subrayada que me aprendí de memoria y me dan ganas de escribirlo aquí:

Una niña, rota y sucia
lloraba sobre una rueda.

## Falsa

Domingo
insomne

He estado leyendo mis diarios de niña. Leer con curiosidad me ha despertado cosas. No emociones, ni recuerdos: cosas. [Lección de la terapeuta: no todo lo que se siente tiene nombre, pero si se siente, existe].

Me leo, veo mi letra y siento eso, *cosas* en la garganta, en el cuerpo. Ya desde entonces vivía tristezas, las guardaba en un cuaderno y fingía que todo estaba bien. Pareciera que es lo que mejor se me da.

Así lo hice con la mujer de la que estaba muy enamorada. Cuando todo terminó, aunque ella dice que nunca inició, hice una serie de barbaridades por despecho. Alejandra Pizarnik, nuestra poeta favorita, escribió: "Soy un ser triste vestido por error de euforia". Yo también era un ser triste pero me vestía de euforia para lastimarla. Mi euforia consistía en salir con una mujer por aquí, un hombre por allá, otra mujer acullá. Ser muy indiscreta con todo. Yo la imaginaba diciendo.

—¿Ven?, es una falsa lesbiana.

[Nota editorial: Una falsa lesbiana, gran título para algo].

No es que yo fuera una falsa lesbiana. Tampoco que me arropara en la bisexualidad. En esos meses en realidad no me interesaba nadie, ni yo misma. Solo fui mala perdedora y falsa. Pero falsa a secas.

Tal vez lo sigo siendo, porque estoy escribiendo de tristezas antiguas en vez de concentrarme en descubrir las verdaderas y las presentes. Parece que busco razones para no escribir de lo que debo escribir.

## Platero soy yo

Martes
después de clase

Segunda semana del semestre. Tenía setenta y ocho razones para no escribir en el diario. Serían ochenta, pero dos se dieron de baja.

Los tres grupos son bastante buenos. Con los grupos de Español básico siempre hay oportunidad de hacer actividades divertidas. Eso le levanta el ánimo hasta a la persona más nublada. Mis estudiantes me llaman Señorita Profesora o Señora Profesora a pesar de que les dije que podían llamarme Profesora o usar mi nombre propio.

El otro grupo es distinto y con ellos me siento distinta. Escriben, leen, analizan. También preguntan, comentan. Tengo libertad de elegir las lecturas. Hoy, a razón de mi nostalgia, les traje fragmentos de *Platero y yo* y algunos otros poemas de la etapa modernista de Juan Ramón Jiménez.

Durante la sesión les hablé de su *Diario de un poeta recién casado* y decidí ir a sacarlo de la biblioteca. Al salir de clase fui a la oficina por un café y me entretuve charlando. Horas después, cuando llegué por un ejemplar, alguien ya se me había adelantado.

—First time that book is out! —dijo la bibliotecaria.

Uno de mis alumnos, tuvo que haber sido uno de mis alumnos. Sentí una especie de orgullo secreto. Así que heme aquí escribiendo ¿un poema? en mi *Diario de la no poeta bien casada.*

Una mujer rota llora sobre una rueda
el mundo
indiferente
                    gira          y
gira

alrededor
en silencio
no entiende que el llanto de una mujer
puede ser el de muchas.

## A veces, solo a veces

Miércoles<br>y ya el día empezó mal

No se me ocurre de qué escribir. Así me pasa con la otra escritura. Como si algo no girara aquí adentro.

## Tiesa y extraña

Miércoles y el día sigue mal

La respuesta de Nadya a mi email me tiene descompuesta. No sé por qué esperaba que me dijera, Oye, qué bueno saber de ti. Oye, te he echado de menos. O bien: Oye, qué bien que vas a terapia, verás que te sentirás mejor. Oye, qué bien que estás escribiendo un diario. Oye, claro que cuentas conmigo. En vez de eso me ha escrito algo que se siente como un regaño.

To: soundtracking@gmail.com
From: femme33@gmail.com
Subject: RE: soy un hilacho

¿No será que en realidad la cosa está peor y como siempre la estás minimizando? Dices "decidimos que..." y seguro todo lo decidió él. Típico de él. Tan típico de él.

Lo bueno es que vas a terapia y ahí te van a enseñar a conjugar en primera persona del singular.

Lo que no entiendo, ¿para qué chingados quieres leer el atrás? Escribe tu presente en presente y ya, morra.

N.

postdata: A tu marido no le caigo bien y de ningún modo te dejaría quedarte sola conmigo, no sé por qué te engañas también con esto.

Diario, diario, diario:
Hay una niña nueva en el salón. Y es como yo. O sea, callada. Un grupito se le acercó en el recreo para sacarle plática y ella solo contestaba sí, no, sí, no. Y ya. Tiene cara de niña triste y qué lástima porque esos ojos tan grandes deberían estar felices, no tristes. Me gustaría que fuera mi amiga. Me hacen falta amigas. Buenas amigas.

## Pedagogía

Jueves

Quiero escribir de mis clases. No para evadirme del vacío y del email de Nadya, sino para profundizar en. Mentira. Para evadirme del vacío del email de Nadya. [Recordatorio: No debo sentirme mal de haberle escrito, no me siento mal de haberle escrito, no está mal haberle escrito]. Soy la profesora más joven del departamento de español, la del contrato anual, la que no elige sus clases, la que gana menos. Digamos que doy las sobras, las clases que nadie más quiere dar. Las clases sobre el Boom y el post-Boom y el post-post Boom, son asignadas a profesores que seguro tienen la misma edad del último Aureliano nacido en Macondo. Las literaturas peninsulares las dan los gringos; las literaturas hispanoamericanas, otros gringos. Las narrativas híbridas, la poesía experimental, el ensayo contemporáneo y la escritura creativa, las dan profesores-escritores latinoamericanos con contratos que parecen pactos como el de Dorian Grey: su escritura no cambia y sus clases envejecen.

Vaya ponzoña la que me ha salido. Ay, diario, me vas a acusar de envidia. O de traición, porque uno de esos profesores-escritores mexicanos es Ken. Pero él no es así, él no podría ser así. Aparte, los cursos que yo quisiera dar no existen en el programa de esta universidad.

Yo no daba clases flamantes, a mí me tocaba enseñar español como segunda lengua. Cursos de a e i o u en los que se debe seguir un sílabo al pie de la letra. Nada de textos o ejercicios literarios, una se tenía que concentrar en exámenes de opción múltiple, falso o verdadero, exámenes de vocabulario y pequeñas composiciones para practicar la lengua.

Pero este semestre, ¿ya lo dije?, la coordinadora me asignó un curso avanzado, cuyo objetivo es afianzar las bases de lecto-escritura, el análisis crítico, la escritura creativa y académica. Traducción: hay lecturas y escritura en serio. Tengo la libertad de diseñar cada sesión como mejor me parezca.

Me entusiasman tanto las actividades que asigno a mi grupo que quiero hacer todo con él, en especial los ejercicios. Esta nueva clase le da color a mi grisitud.

Mis alumnos tienen un muy buen nivel de comprensión del español, saben expresarse oralmente y por escrito. Algunos son muy buenos lectores y otros nada más muy platicadores, lo cual facilita que se armen las discusiones en clase. En el sílabo he incluido poesía, ensayo y cuento. Me han agradecido que no van a tener que escribir cosas como "Mis mejores vacaciones" o "Lo que pienso del aborto".

Hay dos estudiantes que ya han tomado clases conmigo, como Helen y Bob, que siempre se ofrecen para leer en voz alta, y Deborah. Veo que todos la llaman Debbie, pero, en su primera clase, se presentó como Deborah, así que he respetado eso. Participa muchísimo en clase, entrega ejercicios y tareas perfectas, es puntual y constante; hace preguntas, pero a veces siento que no las hace para aclarar dudas, sino para ponerme en duda. Es un poco competitiva, como si quisiera demostrar algo. El suyo es un grupo poblado en su mayoría por hombres, así que no es de sorprenderse.

Todos en ese salón me llaman por mi nombre propio y me gusta; sin embargo, me incomoda cuando estoy con Ken y a él, con toda formalidad, le dicen: Hello, Professor!, y a mí no.

Querido diario

Soy yo. La niña rota. ¿Te acuerdas de mí? Ya sé ya sé ya sé, te tengo olvidado. Es que están pasando muchas cosas en casa. Mis papás pelean más y más. Porque papá se va por horas. Porque mamá olvida cosas. Porque la comida está muy fría o muy caliente. Porque sí. Parece que se pelean porque sí.

Mi hermana les dijo el otro día que si seguían peleando tanto ella iba a dejar piano. Eso los hizo enojarse más. Bueno no. Eso hizo que mi papá se enojara más mucho más con mi mamá. ¿Ves? Por tu culpa, le dijo y mi mamá nomás se le quedó viendo con su mirada de rayo fulminante.

Mi hermana toca el piano muy bonito, sería una lástima que dejara sus clases porque entonces no podría ser músico famoso, como papá.

Yo, como estoy rota, no toco el piano. Bueno, la verdad es que papá trató de enseñarme, pero como me costaba tanto trabajo, se desesperó. Mi mamá le dijo que tal vez teníamos que intentar con otro instrumento.

Lo mío lo mío es bailar, cantar y escribir canciones. Tus canciones son raras, dice mi hermana.

¿Y qué?, le digo.

Se

se sabe
que es martes

A falta de temas para este diario he decidido continuar escribiendo sobre mi vida en el aula. Hoy con mis alumnos leímos a Alejandra Pizarnik. Hice una selección de poemas y prosas.

Comenzamos con:

> Ante la lúgubre manía de vivir
> esta recóndita humorada de vivir
> te arrastra Alejandra no lo niegues...

Hablamos del tú, del efecto de su desdoblamiento.

Luego pasamos a fragmentos de su *Prosa completa*. Lectura en voz alta. Cada uno leyó una oración entera de "santiago de compostela" y de "santiago". En las copias, se coló un cachito de "El escorial" y Deborah propuso leerlo. Dije que sí sin pensar.

Al principio todo bien, Helen leyó en voz alta:

> Entonces una se recuerda muchacha y va hacia un horizonte de sonrisas. Olas viniendo o no viniendo a las arenas, pero concordando entre sí con admirable suavidad.

Pensé en mi diario de niña y como *una* se recuerda. Deborah preguntó entonces:

—¿Recuerda o *se* recuerda?

Por un segundo pensé que me lo preguntaba a mí, quise contestarle: Ambas. Así de perdida estaba. Luego me di cuenta de que se refería a la primer línea de la lectura y le dije que al finalizar la lectura lo hablaríamos; le indiqué a Helen que siguiera leyendo sin pensar que lo que seguía era:

> No obstante, digo, no obstante, debajo o detrás o del otro lado se es mendiga, se duerme debajo de un puente totalmente ebria y abrazada a una muñeca, se putea, se es desdentada, sifilítica, cancerosa.

Detuve la lectura. La cara me hervía, el corazón me latía a mil.

—¿Se putea? ¿Cómo *se* putea?

Pinche Deborah. Si ella es segunda generación, nieta de un mexicano y una guatemalteca, hija de una mexicana y un gringo, hija de una casa en la que se habla español y se sabe, se sabe usar el se.

—Profesora, ¿cómo *se* putea?

Pinche Deborah. No, pinche Debbie y pendeja yo.

En el aula comenzaron a escucharse risitas. Todos me miraban esperando que lo aclarara. La clase *se* despatarraba frente a mí. Escribí un SE gigante en el pizarrón, luego escribí un par de oraciones como ejemplo, sin el verbo putear, por supuesto. Y luego les dejé un ejercicio para practicar el dichoso "se" haciendo la rutina de un niño.

Todos los días Mario:
Se baña
Se viste
Se lava los dientes.

Expliqué en tres minutos para luego dejarles un ejercicio de diez minutos. Deborah-Debbie me miraba y seguro *se* preguntaba si había logrado su cometido de hacerme dudar o hacerme enojar. Y lo había logrado, pero yo no se lo iba a demostrar.

Total, querido diario, que mientras los alumnos trabajaban, la instructora *se* dispuso a pretender que leía a Pizarnik, pero en realidad *se* concentró en repetir*se* en la mente:

Se es pendeja
se es pendeja
se es pendeja

## Reescribir

martes<br>después<br>del desastre

Fui a la biblioteca dispuesta a regresar el ejemplar de *Prosa completa* de Pizarnik que casi destruye mi clase y no sé cómo, pero una bibliotecaria me convenció de llevarme la edición de sus *Diarios*. Lo metí en la mochila antes de que nadie me viera, escondiéndolo o escondiéndome de la mirada crítica de los profesores que habrían de juzgar mi lectura porque:

—Los académicos no leemos diarios, leemos obra estrictamente literaria.

Eso me dijo Ken cuando vio mi diario de Susan Sontag. Y como se es pendeja, en su momento le creí. Ahora voy en la página treintaycinco pero desde hace quince páginas o más sé que está equivocado. En vez de calificar o preparar clase, aquí estoy en un parque, lejos del campus, leyendo sin parar.

Ana Becciú cuenta en su prólogo que algunos de estos diarios fueron primero escritos a mano y luego la autora los empezó a copiar, reescribiéndolos. [Nota emocional: ¡Eso hice yo! Pasé las primeras entradas del cuaderno a mi computadora].

Algunas entradas de Pizarnik estaban en cuadernos, otras en hojas sueltas, unas a mano, otras mecanografiadas. Dice Anna Becciú, la prologuista, que los diarios de los años 60 nos dan una idea de su método de escritura [Nota mental: Cuando compre este libro, porque lo compraré. Hasta el prólogo voy a subrayar]. En este diario comienzo a leer cosas como:

> Mientras me río, no sé por qué, me siento impura. Cuando lloro, no sé por qué, me siento yo y me purifico.

La leo y me digo que todas las escrituras son importantes porque dan cuenta de su [método de] vida. De la vida de Alejandra [Nota confesional: quiero llamarla Alejandra y no usar su apellido como lo haría un académico en serio].

Alejandra es una colega diarista. O casi. El casi es para mí, para la diarista que se la ha pasado hablando de escribir este diario y no escribe-escribe.

La casi diarista.

## Entrañas

Jueves
después de clase
y antes de la cena

Esta noche, en lugar de preparar la maleta de Gran Escritor, leo a Alejandra, la diarista. La leo con la lentitud y cuidado que ella merece. Como lo haría una buena amiga, sin juicio y con empatía.

—Barbie, que mañana me voy de viaje.

—Voy, una página y ya.

Alejandra es muy dura consigo misma, llena la página de sus dudas y obsesiones, traza su angustia, escribe con las entrañas.

—¿Qué lees?

Desde los diecinueve años, Alejandra entendía que el diario era el único espacio que la podía contener.

—Barbie, te necesito.

Lo entiendo ya: el diario es un espacio de contención. El único lugar donde una puede poner las entrañas.

## Tres días del diario de Alejandra en mi diario

Jueves
a medianoche

Lunes

Un calor longitudinal y fatigoso mece mi cuerpo sepulto en los edredones voluminosos. El sueño cae misteriosamente a mi cuerpo y lo toma suavemente. Acá, entre el cansancio y el humo, entre el Miedo y las ansias inmortales, me digo: he de escribir o morir. He de llenar cuadernillos o morir.

Domingo

Domingo. Lento y opaco domingo lleno de garras oscuras que atraen misteriosamente las horas.
Domingo. Las sombras cubren mi tristeza que desciende simétricamente hacia el vacío.

Sin fecha

Pero pienso que hay que escribir cuando se tiene qué decir. ¿Qué diría yo? ¡Mis angustias! ¡Mis anhelos! ¡Mis invisibilidades!

17:30 h.

Sola en mi habitación. Acostada en la camita-biblioteca, fumando y prometiendo ser cada día mejor para que mi amor se enorgullezca de mí. Supongo que esto debe ser lo «positivo» de esta cruel y exquisita ligazón.

¡Deseo vivir!

Pizarnik, Alejandra. *Diarios*. Editado por Ana Becciú, Lumen, 2022. De la transcipción al diario digital y del resaltado estoy a cargo yo. ¿Por qué lo hago y por qué necesito hacer nota a pie de página de ello? No lo sé.

Querido Diario:

Mi nueva amiga se llama Ceci. Nos contamos todo. Bueno, casi todo. Yo no le he dicho nada de lo de mi papá y mi mamá. Ella no habla de los suyos. Más bien nos contamos lo que nos gusta: la clase de manualidades y ensuciarnos con arcilla. Lo que casi no nos gusta: los honores a la bandera y tomar distancia. Lo que nos gusta mucho: los power rangers. La quiero invitar a hacer piyamada en la casa.

## Feliz tú, hoja de papel en blanco

Sábado

Ayer en terapia llegamos a la conclusión de que el diario es un ejercicio individual que cada persona, cada mujer, hace de acuerdo con sus necesidades. Bueno, a esa conclusión llegué yo. Mi terapeuta solo me dijo: sigue escribiendo, después de haberme hecho siete preguntas cuyas respuestas se llevaron los cincuenta minutos de la sesión.

Hoy tengo una nueva teoría diarística: Todo cabe en un diario sabiéndolo acomodar. Lo interesante es qué acomoda cada quién, pues cada diario es tan distinto como cada persona. Seguro que en nada se parece el de Virginia Woolf al de Katherine Mansfield, aunque fueran contemporáneas. O el de Pizarnik al de Sylvia Plath, aunque ambas fueran poetas. [Duda existencial: ¿una habrá leído a la otra?]. Ahora bien, aparte de Pizarnik, ¿qué otras autoras latinoamericanas habrán llevado diario?

Si estoy leyendo el diario de Alejandra Pizarnik, si un día compré el de Susan Sontag, si los diarios terminan siendo leídos por alguien más, ¿no será que un buen día alguien encontrará este y lo leerá? Alguien, quien sea. Mi pareja. Mi mejor amiga. Alguna colega. La veterinaria de Abu.

¿Qué tal si alguien lee este diario y se forma opiniones de mí y de mi escritura? Corrijo: ¿Qué tal si alguien se forma terribles opiniones de mí ~~y de mi "escritura~~"? En estas páginas nadie va a encontrar frases tan increíbles como las de Pizarnik.

Aun así, voy a escribir.

Diario, diario:

Mi papá se fue. Mamá dice que es un viaje de trabajo pero Lila me contó que lo vio en los ensayos de la orquesta en su academia de música. ¿Y te vio? No sé.

Le pregunté más cosas pero ya no me peló, se puso a estudiar.

Estudiar para mi hermana es practicar piano.

Yo me siento con ella y cuando ensaya la canción que sí me sé leer, paso las hojas de su partitura. Yo voy a ser su asistente cuando sea famosa. Le da risa que se lo diga. Pero yo lo sé muy bien, mi hermana va a ser famosa.

Todas en la cuadra ya están comenzando a rasurarse las piernas y las axilas. Elda ya hasta se quita el bigote. A nosotras mi mamá no nos deja rasurar nada.

Cuando hay fiestas, Susy y Maribel, las amigas de Lila, se ponen delineador negro adentro del ojo. Le pregunté a Lila si ella quiere hacer lo mismo y me contestó no sé con los hombros. Eso tiene ahora, en vez de palabras usa los hombros para decir no sé y la cabeza para decir sí o no.

¿Cómo le harán las demás para convencer a sus mamás de hacerse cosas? Yo le digo a la mía, ándale mamá danos permiso, ándale, ándale. Mamá: no y no, no puedes hacer todo lo que las demás hacen. Luego repite lo de siempre:

A ver, si se tiran de un precipicio,
¿también vas a querer hacerlo?

Siento que del precipicio
más bien me van a tirar a mí
por tener pelos
y ser como
soy.

## Valentino

Domingo
catorce de
febrero

Nos parece de una cursilería enorme. Pero igual lo festejamos como cada año, con pizza, besos y vino. Más vino que besos. Más pizza que sexo.

Los papás de Susy están divorciados.<br>
Elda no tiene papá.<br>
Maribel vive con sus abuelos.

Yo a todas las veo bien, normales pues. Pero creo que si eso mismo nos pasa a Lila y a mí no vamos a ser normales.

## Leyendo-me

Lunes

Hay un dejo de soledad que me habitaba desde niña. Tal vez era el síndrome de la hija menor. Tal vez porque mis padres, después de tantas y tantas peleas, se separaron. Tal vez porque siempre tuve una timidez despiadada. Tal vez porque mi hermana era mucho más brillante que yo. Tal vez porque desde entonces me costaba hacer amigas. Tal vez porque mi papá no nos vio crecer. Tal vez porque sí y punto.

También hay una curiosa manera de escribir. A veces hay párrafos, a veces no. Hay entradas largas y otras muy cortas. Hay consciencia del espacio en blanco, del lenguaje, del yo.

## Pendientes

Martes

Tengo que renovar el *Diario* de Alejandra Pizarnik en la biblioteca porque no puedo entrar al portal en mi computadora. Después debo ir a mi oficina, pues la estudiante estrella Debbie, formerly known as Deborah, quiere hablar conmigo. Sacar copias. Dar clases y luego a casa.

Por la tarde debo pasar por la veterinaria a recoger los medicamentos de Abu y luego al correo para enviar el contrato de Ken de Kansas a su editorial en envío clasificado y de urgencia. Para que nos paguen el adelanto, Barbie.

También tengo que hacer otro juego de llaves porque el señor perdió las suyas por segunda vez en lo que va del año, y el año está comenzando. Eso de dar una sola clase lo está viviendo como si fuera un sabático, viaja una semana sí y otra también, le ha subido a la bebida y está más despistado que nunca.

Pero no se lo debí haber dicho. Sé que no se lo debí haber dicho.

Creo que por las dudas haré tres juegos de llaves y dejaré uno bajo la maceta de enfrente y la otra, la otra no sé dónde. Tal vez debiera hacer copia también de la llave de su oficina. Otra del auto, ¿se pueden hacer copias de esas llaves? No sería mala idea insistir en lo de las claves de la tarjeta de crédito, por si la vuelve a dejar en algún restaurante.

También debo pasar a la tintorería y hacer mandado.

Si termino todo, entonces podré ir al baile con el príncipe, supongo.

## Pesarnik

Miércoles

Hoy en vez de casa o cafebrería me vine a trabajar a la oficina, aproveché para revisar mi correspondencia y sacar copias. Creo que en realidad lo que quería era platicar con Mari, la asistente del departamento, que estuvo de permiso. No es mi amiga, pero es lo que más se acerca a una. [Contexto: Mari llegó a este país de siete años y su español se quedó un poco en esa edad. Estuvo mucho tiempo sin papeles y, por tanto, sin posibilidades de volver a México. Luego se casó, y ya con hijos estudió en el community college. Es la mujer sabia de este lugar]. Después de saludarme salta de inmediato a su noticia. Voy a llevar a esposo a Mexico de vacaciones.

—Es un spring break tour por Cheapas and Cáncun.

—Mmh, genial, Mari.

Cheapas suena bien. Cáncun, no tanto. Pero no me gusta corregirla, todos en este departamento no hacen más que estar encima de su pronunciación y su vocabulario. A mí me gusta cómo habla, su español es suyo y solo suyo.

—Sus estudiantes viñeron hoy.

—¿Mis estudiantes?, ¿cuáles?

—Los de advanced. A sacar copias. Estuvieron hablando de usted.

—De tu.

—No, de usted.

—Mari, háblame de tú.

—Dijeron que les gusta su clase y que leeron, ¿leyeron? a Pesarnik.

—Pizarnik

—Sí. También dijeron que usted es, una palabra… like weird, but cool.

—Rara.

—No, weird.

—Weird es rara.

—¿Oh, sí?

—Sí.

—Pero rara es rare, como la carne, ¿no?

—También.

—¿Entonces?

—Entonces soy rara.

—But cool, no se olvides.

## Ser como soy

Miércoles
en la noche

Rara.
No lo escribí.
No tenía la palabra tal vez.
Pero a eso me refería cuando decía que si no podía hacer amigas era por ser como soy.

Soy rara, me cuesta hablar con la gente.
Me cuesta pedir ayuda, bueno, hasta ordenar comida en un restaurant si estoy sola.

Soy rara, no me gusta tocar cosas con las manos mojadas ni llegar al auto o a una puerta sin las llaves en la mano.

Soy rara, el café lo tomo tibio. No subrayo libros más que con lápiz y solo uso plumas azules marca Pilot de punta gruesa.

Soy rara, mi papá lo decía.
Por cómo me comportaba, por lo que hacía, porque no era como mi hermana.

Soy rara, no lloré el día que mi papá se fue de casa, tampoco el día que se murió. Me sentí triste ambas veces, sí, pero, sobre todo, vacía.

Esto de ser como soy no es fácil.
Tampoco escribirlo.

Ceci se quedó a dormir. Le conté que tengo diario. A verlo. Y te saqué de debajo del colchón y se lo enseñé. Nomás como acordeón lo pasé frente a sus ojos rapidito. No pero quiero leerlo, dijo. Le expliqué que los diarios son solo para una y se enojó. Se fue a platicar con mi hermana, hasta que mamá nos prendió la tele y nos dio de cenar ahí. Luego ya me volvió a hablar pero no igual. No quiero que te lea, o sea no quiero que me lea, pero tampoco quiero que deje de ser mi amiga.

Mi papá regresó a la casa. Así que volvieron también las peleas entre ellos. No entendemos bien lo que dicen, hablan en clave. O en idioma de papás.

Mi mamá llora todo el tiempo. Mi hermana también. Yo no lloro. No sé por qué, pero sí me dan ganas.

Me dan ganas de llorar cuando papá no le habla a mi mamá por días. Me dan ganas de llorar cuando mi mamá no sale de su cuarto.
Me dan ganas de llorar cuando la oigo llorar.

A lo mejor lloro por dentro. A lo mejor mi papá también porque cuando está en la casa navega como barco viejo. Solo le hace feliz practicar con Lila o irse a la academia. Se arregla, se pone loción, se peina el bigote. Se sale de la casa silbando esa canción que tanto le gusta. ¿Cómo se llamará?

Ya me dijo mi hermana que no es canción que es sonata y que es de Bach. Me la tocó un poquito en el piano, yo la chiflé y nos soltamos riendo. Sigue, sigue, yo toco, tú chiflas.

## Escribir con fruición

Jueves
antes de clase

Esta mañana, en una banca del campus vi a una chica escribiendo en un cuaderno. Sus muslos eran su escritorio, la pluma estaba en su mano izquierda, su torso encorvado.

Escribía a gran velocidad, como para no olvidar nada, como para dejar ahí cada mínimo detalle, como para dejar en la página bien retratado ese momento que la diarista no quiere olvidar. Nunca.

Es posible también que la diarista en realidad haya sido una matemática, que no escribiera palabras sino números y fórmulas resolviendo el mundo.

Es posible que fuera una tareísta que, por irse de fiesta, estuviera haciendo los deberes a último minuto.

También es posible que fuera una enamorada, escribiéndole a la persona que ocupa su corazón.

Yo también tengo razones para escribir con fruición:

1. una discusión con Ken.
2. las llaves perdidas, que llevaron a una discusión con Ken.

3. los planes vacacionales que decidió Ken y que llevaron a una discusión con Ken.
4. la charla sobre el festejo de san Valentín que también llevó a una discusión con Ken.

## Escribiendo-me

Jueves
después de clase

La chica ya no está en la banca. Tomo su lugar. Escribo.

Si hace unos días tenía la más absoluta convicción de que iba a entregarme en alma y cuerpo a escribir(me) en este diario, hoy siento que no voy a llegar a ningún lugar. [Nota confesional: Menos si me pongo a enlistar mis problemas con Gran Escritor].

En su diario, Pizarnik ahonda en lo que lee y en lo que quiere escribir. Se supone que yo debo ahondar en mí, para conocerme más. ¿De qué escribirán otras mujeres en sus diarios?

## No hay Fiesta

Jueves<br>en la tarde pero<br>los gringos dicen que<br>de noche

Dice Jerome Stern, en un libro recetado por el Gran Escritor, que una de las mejores estrategias para que la caracterización de personajes y su contexto se desplieguen frente al lector, es escribir sobre una fiesta —el lo llama gathering. Coincido, es una idea, porque la fiesta ya no es solo una fiesta, se vuelve un espacio donde se unen presente y pasado, temores y deseos, el pretexto perfecto para mostrar las políticas de los afectos. Para ejemplos baste pensar en *La Señora Dalloway,* de Woolf, o "Los muertos", de Joyce y claro ese fiestón de *La Tumba* de José Agustín.

La de hoy no fue fiesta como tal, sino un convivio antes de las mini-vacaciones. Bueno, pues el convivio de hoy nos puso a todos los invitados en un espacio de tensión dramática genuino. Había alumnos, profesores y algunos empleados administrativos. Mari ordenó mucha comida y algunas botellas de vino. Dos copas para cada quién, nos advirtió.

Reinaba esa sensación relajada que una comunidad universitaria solo logra fuera del campus. Ambos profesores del departamento. Él, francés; ella, argentina. Llegaron a la fiesta con una tabla con quesos, carnes frías y sus problemas matrimoniales que se deben, según Ken, a la diferencia cultural. A mí me parece que es la diferencia emocional, él es un reverendo mamón.

Una charla en voz baja entre dos se volvió un performance de gestos y rabia contenida.

Alguien le subió a la música, los otros profesores no se dieron cuenta o hicieron como que no se dieron cuenta. Los alumnos, en cambio, murmuraban. Entonces él la llevó afuera, del brazo. No la jalaba, pero, definitivamente, no era un movimiento cariñoso.

Nos separaba un gran ventanal, a ellos y a nosotros. Pero todos, afuera y adentro, entendíamos lo que pasaba.

Eventualmente la tensión de la fiesta regresó y se sirvió dos copas de vino justo a tiempo para el brindis. Clink clink clink una cuchara sobre una copa.

Clink clink aquí no pasó nada.

Clink clink.

Todo estaba bien. Pero algo ocurrió. Yo lo vi. Yo lo sentí. Yo lo conozco muy bien y de cerca. A mí también me han llevado del brazo así.

## ¿Quién eres?

Viernes

—¿La fiesta te hizo pensar en qué?

—En mi relación con Ken y cómo soy vista.

—A ver, esto me interesa. Cuéntame, ¿cómo te describirían los demás? Por ejemplo, ¿qué diría de ti tu mejor amiga?

—Nadya diría que soy un caso perdido. Pero para eso está ella, para encontrarme.

—¿Te parece que lo eres, un caso perdido?

—Pues sé que quiero encontrarme.

—¿Y tu hermana? ¿Qué diría de ti tu hermana?

—Mi hermana dice que soy alguien que se resiste a escribir un bestseller que nos haga ricas.

—Eso no es una descripción *per se*.

—Pero es lo que diría. Si acaso, agregaría que ella fue quien me dio la idea.

—¿Y tu mamá, qué diría tu mamá?

—Que tengo un corazón gigante y que soy muy despistada.

—¿Coincides con ella?

—Soy muy despistada.

—¿Y tu papá, qué diría de ti?

—Mi papá no… eh. Mi papá decía que yo era una niña rara y demasiado ansiosa.

—¿Y lo eras?

—Alguna vez me diagnosticaron con síndrome de piernas inquietas. No sé si tenga que ver. Hay temporadas en que tengo insomnio o que mi cuerpo está despierto y quiere moverse porque mi mente está en un monólogo interior infinito y…

—Recuerda que quiero que escribas, así que, si llega ese monólogo: escribe, siempre escribe.

—Bien. [Ya sé que se refiere a mi diario-tarea, pero cada vez que mi terapeuta me dice frases así me dan de veras ganas de escribir siempre escribir].

—Creo que es necesario que hagas otro ejercicio. Lo llamaremos retrato escrito. Y no, no me lo tienes que entregar, solo inclúyelo en tu diario.

—Ok.

—¿Tu esposo, qué diría de ti?

—Auch.

—¿Qué ocurre?

—Es que me suena raro. No lo llamo esposo. Lo llamo Ken.

—¿Ken? Me habías dicho que se llama…

—Lo llamo Ken.

—¿Por qué?

—Por qué el me llama Barbie

—Ya.

—… [Nota freudiana: La terapeuta escribió un montón en su libreta].

—Cuéntame, ¿siempre usan esos “nombres” el uno para el otro?

—Creo que sí. En mi diario lo llamo Gran Escritor.

—… [Nota lacaniana: La terapeuta escribió más y más rápido en su libreta, estoy segura de que puso: La paciente es infantilizada por su esposo a quien no llama esposo sino Ken o bien Gran Escritor, lo cual denota una frustración en su propia práctica].

—¿Y *él*? ¿Él qué diría de ti?

—… [Última nota: La terapeuta escribió mi respuesta en su libreta, levantó su dedo índice para pedirme un segundo más y siguió escribiendo].

## Retrato escrito

(aunque me dijo que me tomara días para hacerlo)
Viernes, saliendo de terapia

Soy profesora de español.
Soy la esposa de un escritor.

Vivo en un pueblo de Estados Unidos.
Vivo en un pueblo con dos climas al año y tres Walmarts.

Mi esposo es mayor que yo.
Nuestro perro es más viejo que ambos.

Requiere muchos cuidados.

El perro.
Bueno, el esposo también.

Doy clases.
Antes escribía poemas.

Me interesan la literatura y guiones escritos por mujeres. También las películas que tienen mujeres en dirección o fotografía.

Comencé a leer a Banana Yoshimoto porque se llama Banana, luego porque sus personajes hacen cosas como dormir al lado de un refrigerador.
A Chantal Akerman porque se interna en las mujeres y su vida cotidiana, como cortar papas.
A Amélie Nothomb por sus sombreros. Y su desverguenza.

Estoy leyendo los diarios de Alejandra Pizarnik.

Está muy enfermo.
El perro, no mi esposo.

Mis días se me van en darle puntualmente su medicina.

El perro es como tener un hijo
o un abuelo que tienes que cuidar todo el tiempo.

Requiere tanto cuidado.

El esposo, no el perro.
Bueno, también el perro.

No me gusta llamarlo esposo.

No me gusta ser esposa.
Pero muchos me dicen
La esposa del escritor o la esposa del profesor.

¿Cómo se oiría La escritora del esposo?
O
¿La profesora del escritor?

Vino Ceci a jugar esta tarde. Su mamá se quedó tomando café con mi mamá. Insistió en ver mi diario y le enseñé un poquito. Ay qué aburrido, dijo y lo cerró. Me sentí bien tonta. Ya no quiero ser su amiga.

## Leí, comí y vencí en cama

Sábado

Gran Escritor se fue de viaje, pero esta vez a un congreso que dura una semana. Viaja con el maestro francés y con alumnos del programa. Yo tenía interés, pero me dijo:

—Ni yo quiero ir, sálvate tú.

—Pero.

—Vamos casi casi de niñeros.

—Son adultos.

—Requieren mucha atención.

—Como tú. [Es lo que hubiera querido decirle]

En realidad, quienes necesitamos atención somos Abu y yo. Él ha estado decaído, yo con un periodo doloroso y largo. El tiempo a solas me vendrá bien: bolsa de agua tibia en el vientre, ibuprofeno y té de canela con jengibre en el buró. Sontag y el control remoto a la mano. Planeo quedarme aquí hasta que me dé hambre. Luego hasta que tenga que ir al baño. Y así.

En vez de iniciar donde me quedé, me regresé a la primera página.

[Pregunta seria: ¿Por qué en la vida una no puede hacer eso? Regresar a la primera página, iniciar el viaje interior, con o sin conocimiento de lo que ya se ha vivido, pero con esa energía, con esas ganas, con ese deseo de emprender el viaje].

El diario de Sontag inicia con dos entradas del 23 de noviembre de 1947 y luego salta a 1948. El texto tiene notas del editor para contextualizarnos con lo que rodeaba a Susan, a quien llama SS, o bien para hablar sobre las notas que la autora hizo años después a su propio diario. Notas de la autora. Notas del editor. Notas de la lectora de notas. Todo es notas:

23/11/47

Creo:

a) Que no hay un dios personal o vida después de la muerte.
b) Que lo más deseable en el mundo es la libertad de ser fiel a uno mismo, es decir, la Honradez.
c) Que la única diferencia entre los seres humanos es la inteligencia.
d) Que el único criterio de una acción es su efecto último en la felicidad o infelicidad de una persona.
e) Que está mal privar a cualquiera de la vida.

[Faltan las entradas «f» y «g»].

29/7/48

... Y ¿qué es ser joven en años y de repente ser despertada a la angustia, al apremio de la vida? Es ser alcanzada un día por las reverberaciones de los que no nos siguen, salir a trompicones de la selva y caer a un abismo:

[Susan nació en 1933, lo cual significa que tenía quince años cuando comenzó a escribir, a escribir su diario, claro, pero escribir un diario es escribir]. [Nota curiosa: el editor de Sontag también usa corchetes en sus notas, ¡otro miembro del club antiparéntesis!]

Sontag, Susan. *Renacida*. Ed. David Reiff. DeBolsillo, 2012.

## Editorializándome

Domingo

Los problemas que tengo para hacer amigas y amigos no los tiene Abu. Hoy que estuvo más animado lo saqué a pasear y ocurrió lo de siempre, todo mundo nos saluda, bueno, lo saluda a él. Qué guapo, qué educado, qué porte al caminar. También otros perros lo miran. Seguro le tienen celos. Los halagos y la conversación se centran en él. Yo no existo. Soy solo la mano que lleva la correa. Como cuando salgo con Gran Escritor, soy solo la mujer que lleva la argolla, la mujer que lleva de la mano. Su mujer.

Me siento importante cuando lo llevo a caminar. A Abu, quiero decir. También me pasa en los viajes o eventos de Gran Escritor.

—"¿Y eso cómo te hace sentir?", diría un terapeuta que para hacer preguntas utiliza una absurda Comic Sans. [Advertencia: mi terapeuta jamás usaría esa fuente].

—**I n v i s i b l e**. [Admisión: Contestaría en negritas para que me escuchara bien].

—¿Y por qué dejaste de viajar con ese Gran Escritor?

—Porque ya no me invita. [Admisión 2: Tendría que contestar en un gris de voz bien bajita].

La caminata duró poco, creo que Abu, como yo, solo quiere echarse en el sillón hasta que nuestro dueño regrese. Moveremos la cola y ladraremos de gusto.

## Entender el mundo

Lunes a las 4:31 p.m.

Susan Sontag es una mente inquisitiva; por un lado, se hace muchas preguntas, preguntas profundísimas sobre lo que ha leído. Su diario es, sobre todo, un lugar para depositar lo que piensa y siente después de leer. Hace notas para ideas de textos que quiere escribir en el futuro. Es raro leerla y sentirla vulnerable cuando escribe de sus relaciones con hombres y con mujeres, no hay temor, no hay vergüenza, solo esa inseguridad que tiene aquella persona que teme el rechazo porque conoce el rechazo. Es claro que su vida no ha estado solo entre libros, la suya es una vida llena de experiencias que se quedan o que se olvidan.

> Puedo recordar cómo era no estar casada —lo que hacía—, pero no puedo sentirme como era entonces.

Me quedo con la sensación de que en su diario escribe para entender, ¿para entender al mundo o para entender*se*? Supongo que también hay, ¿habemos?, diaristas que escriben porque no entienden el mundo o no se entienden.

## Llamada con fiesta de fondo

Jueves<br>en la noche

Que no lo espere mañana. Que se queda hasta el domingo. Que en el último vuelo. Que lo decidió apenas. Que para aprovechar la ciudad para escribir. Que sí, que para la nueva novela. Que no, que no está listo para contarme de qué trata. Que la curiosidad derrite a las Barbies. Que perdón, es cierto, muy mal chiste. Que qué sonido. Que cuál fiesta. Que debe ser la otra habitación. Que de cuando acá celosa. Que claro que está solo. Que me quiere. Que me extraña. Que…

## Ni tan falso

Viernes

Hoy no me tocaba ir a terapia, pero llamé en la mañana y pedí una cita. Por fortuna había un espacio. Creí que necesitaba sacudir algo. No sobre mi relación, sino sobre la escritura. Mi escritura. Uno de los descubrimientos a los que llegué es que escribir en este diario ya no se siente raro, se siente cómodo, necesario. No importa escribir mucho o poco. No importa escribir de mí o de mi trabajo. No importa que sean fragmentos de mi diario de niña o de mi terapia. Lo que importa es escribir. Lo que importa es escribir. Lo que importa.

## Él me mintió

Sábado

Los académicos leemos obra estrictamente literaria, agregó. Bueno, los de Kafka y algún otro escritor. Escritor, no escritora, que ellas solo hablan de sus vidas. Y yo le creí. Por eso leí a escondidas los de Pizarnik, cuya vida no se separa de la escritura. Me está enseñando no solo que él se equivoca, sino que los diarios son lecciones de escritura y de vida y que, por eso, quiero leer cada maldita página:

> 6/1/57
> De ahora en adelante voy a escribir cada maldita cosa que me pase por la cabeza.
> Una especie de orgullo insensato que proviene de una dieta de alta cultura por demasiado tiempo.
> Tengo diarrea de la boca y estreñimiento de la máquina de escribir.
> No me importa si es pésimo. La única manera de aprender a escribir es escribiendo. "La excusa de que lo que se está contemplando no es suficientemente bueno.

15/1/57

Normas + deberes por cumplir 24 [El cumpleaños de SS era el 16 de enero de 1933].

1.- Tener mejor postura.
2.- Escribir a Madre 3 veces por semana.
3.- Comer menos.
4.- Escribir dos horas al día como mínimo.
5.- Nunca quejarme en público de Brandeis o de dinero.
6.- Enseñar a David a leer.

## Volver al inicio

Domingo

A veces es tanto mi deseo de comenzar a leer, que me salto los prólogos. Ya sé, diario, vas a decir qué error y vas a tener razón. El prólogo de los diarios de Sontag es importantísimo, escrito por David Reiff, su hijo, quien, además, se dio a la tarea de editar el libro y explicar que estos diarios:

> Los redactó solo para ella, regularmente desde su primera adolescencia hasta los últimos años de su vida, cuando su fascinación por el ordenador y el correo electrónico pareció poner freno a su interés en llevar un diario. Nunca permitió que se publicara una frase siquiera, ni tampoco, como otros diaristas, lo leyó a sus amigos, aunque los más íntimos sabían de su existencia y de su costumbre de, tras llenarlo, colocar un cuaderno junto a los precedentes en el vestidor de su habitación, cerca de otros bienes preciados, pero de algún modo esencialmente íntimos, como fotografías de familia y recuerdos de infancia.

Queda claro que sus diarios eran eso, *bienes preciados*, bienes íntimos que no pensaba compartir y que por eso, a pesar de tener la oportunidad, no los vendió a la biblioteca de UCLA, como el resto de sus documentos.

Sin embargo, en la primavera de 2004, el mismo año de su muerte, en un momento que se me antoja de película de Jane Campion o Marleen Gorris, Susan le dijo a David: “Ya sabes dónde están los diarios”. Tal vez no se lo decía para que los publicara, tal vez se lo decía para que él los leyera, o tal vez para que los guardara bien.

No lo sabremos nunca.

## La no escritora

Mismo domingo
siete de la noche

Debí quedarme esto para mí. O compartirlo de otra manera. Pero, pendeja yo, le dije que estaba equivocado, así, sin ningún contexto ni nada, apenas abrió la puerta, le dije:

—Estás equivocado.

—Primero salúdame, ¿no?

—Hola, ¿cómo estás? Estabas equivocado.

Le leí este fragmentos del diario de Sontag.

> No debo pensar en el sistema solar – en innumerables galaxias que abarcan incontables años luz – en la infinitud del espacio – no debo mirar hacia el cielo más de un instante – no debo pensar en la muerte, en la eternidad – no debo hacer todas esas cosas para que así no conozca esos momentos horribles cuando mi mente parece algo tangible – más que mi mente – todo mi espíritu – todo lo que me anima y es el deseo original y receptivo que constituye mi «yo» – todo esto adquiere una forma y un tamaño definidos – demasiado grande para ser contenida en la estructura que llamo mi cuerpo – Todo esto me arrastra y repele – años y tensiones (las siento ahora) hasta que debo

apretar los puños – me levanto – quién puede estarse quieta – cada músculo está en un potro – tratando de erigirse en una inmensidad – quiero gritar – siento presión en el estómago – mis piernas, pies, dedos de los pies se extienden hasta que duelen.

—¿Y eso? Has vuelto a escribir.

—Sí. No. Esto es de Sontag, de su diario.

Ni siquiera lo dejé reaccionar, no me detuve a preguntar si le gustaba o no. Me concentré en defender el diario como escritura literaria. Presenté mis ideas como si fuera una tesis doctoral. Primero se rio. Después negó haber dicho tal cosa y se fue a su estudio. Volvió con el diario de Kafka. Me lo dio y le dije:

—Todo mundo tiene ese.

—Pero no todo mundo lo ha leído, Barbie.

—...

—También tengo ese del duelo, el de Barthes.

—Ese yo te lo regalé.

—Tengo el de Piglia, pero en la universidad.

—Emilio Renzi.

—¡Dije Piglia!

—Sí, pero es el de...

—No sé cuál es tu problema.

—Mi problema es que una vez me dijiste que los diarios no eran literatura y que los diarios de escritoras solo eran...

Una cosa llevó a otra y explotamos. No tengo ganas de poner aquí todas las estupideces que nos dijimos, excepto esto: cuando le reclamé que prometió respaldar mi escritura, así fuera solo un diario, dijo:

—Amor, primero hay que ser buena escritora para hacer un buen diario de escritora.

## Jaque mate

## Aspiro a la lucidez

Mismo domingo
siete y media de la noche

Dejé el diario de Sontag en la mesa. Me fui a la cocina a preparar cacio e pepe, llené la casa con el sonido de la olla golpeando el fregadero y después la estufa; luego vino el traqueteo de la pasta seca regándose sobre la barra de la cocina, y al final rallando el pecorino más seco del mundo. Le grité que la cena estaría lista en quince minutos. Lloré como mejor lo hago, por dentro. Lo que bien se aprende, etcétera, etcétera.

Me vestí de euforia, a lo Pizarnik, y me senté a la mesa como si no hubiera pasado nada. Gran Escritor rompió el hielo diciendo:

—No está mal que leas diarios, pero, es importante que leas textos más a la altura de una profesora universitaria.

Me sentí diminuta. La cabeza me hervía y de ese hervor me salió decir:

—Aspiro a la lucidez. Temo no hallarla nunca.

—¿Eh?

—Pizarnik.

—Ah, ¿de qué poema?

La línea viene de su diario, no de su poesía, quise decirle. Poesía y diario, ensayo y diario, narrativa y diario, no son tan lejanos, tuve ganas de agregar.

—No me acuerdo, pásame la sal.

Acabando de cenar arrastró a Abu a caminar. Así que estoy aquí, escribiendo todo porque, aunque no cuente como escritura, cuenta como algo.

Cuenta para mí.

Cuenta. Punto.

Lunes
29 de febrero

Reescribí mi entrada anterior como un email para Nadya. Uno porque tenía el tema atorado y dos porque necesitaba contárselo a ella, que es mi terapeuta, cuando no es viernes de terapia.

Pero en cuanto le di send, me arrepentí.

Será mi mejor amiga y me quiere mucho, pero sabe que cuando la cago, la cago, y en esto le dará la razón a Gran Escritor. Va a decir que primero hay que ser escritora; me lo decía antes, me lo ha recordado hace poco. Voy a quedar como una estúpida por partida doble porque tienen razón. Para ser buena escritora se necesita mucho más que diario, pluma y grandes ideas.

Ay querido diario, mis papás se van a divorciar.

Nos lo dijeron ayer.

Mi hermana y yo nos la hemos pasado metidas en el cuarto desde entonces. No queremos salir ni a hacer pipí.

Lila dice que lo odia que lo recontra-odia y que nunca jamás de los jamases va a tocar el piano.

Pero es mentira.
Ahora ella está con sus audífonos oyendo música y mueve los dedos, toca un piano invisible.
Yo, pues muevo los dedos para escribirte a ti diario, porque no sé odiar ni sé qué más hacer.

To: femme33@gmail.com
From: soundtracking@gmail.com
Subject: Re: diminuta

Darling,
Yo no creo que no seas escritora, lo eres. Creo que estás marinando ideas y el día menos pensado de una sentada nos vas a reventar la cabeza con un libro. Lo que no entiendo es por qué sigues casada con ese orangután. Sorry not sorry. A estas alturas ya no me puedes echar la culpa a mí y a lo que pasó entre nosotras. Más bien, a lo que no pasó entre nosotras. Es más, ya deberías darme las gracias porque gracias a eso podemos ser las amigas que somos y puedes escribirme para decirme que crees que nunca vas a ser escritora y yo puedo contestarte que no mames, que sí eres.

Te quiere,
Nadya

postdata: Deja de leer diaristas. Bueno, deja a esas dos y busca a Anaïs Nin, era de tu sindicato.
postdata 2: Cuando una mujer como tú se casa con un orangután, ¿deja de ser divertida?
postdata 3: Es broma. Todavía eres divertida y él todavía es orangután.

Mi papá ha encontrado una casa. Les va a encantar. Ahí pasarán los fines de semana. Yo no dije nada, pero mi hermana abrió su bocota y le preguntó por el piano. ¿Qué tiene el piano? Te lo vas a llevar a esa casa y en dónde voy a tocar yo cuando no esté ahí.

Tu papá te va a comprar otro, nena. ¿Estás loca? No voy a comprar otro. Lila, puedes ensayar en la academia, o en mi casa. Podrías vivir con nosotros, si quieres. ¿Yo loca? Tú estás loco, no va a quedarse en su casa, con esa mujer ahí. No vas a separar a las niñas. Yo no soy una niña y si aquí no hay piano ya no voy a tocar el piano. Mi hermana se encerró en el baño a llorar. Mis papás se quedaron en un silencio que parecía que ardía la casa. Entonces diario, no sé de dónde me salió una pregunta. ¿Qué mujer? Y volvieron a discutir en el idioma de los papás.

Así estuvo mi día, diario, así.

A casa

primer miércoles de marzo
no quiero ir a trabajar mañana
pero ya casi es el spring break

Deborah-Debbie ayer me puso en un aprieto en clase, yo solo quería que el miércoles se extendiera y se tragara el jueves. Luego me llamó mi hermana y pensé que el día mejoraría y solo se puso peor. Era el aniversario luctuoso de mi papá y lo había olvidado por completo. Nos preguntamos cómo se vería ahora, si habría tenido más hijos, si seguiría dando conciertos, teniendo romances con alumnas. ¿Lo extrañamos?

Quedamos en vernos pronto, planear algo, allá, acá o en algún lugar en medio. Tuve ganas de contarle que yo me siento así, en medio. ¿Para qué preocuparla?

Cuando les dije a ella y a mamá que me iría a vivir a Estados Unidos con Ken, ambas me miraron con sorpresa. Después mi mamá me regaló una sonrisa y suspiró, como diciendo: Eres normal después de todo. [Nota aclaratoria: Mi mamá me aceptaba con todo y todo, pero, para ella, normal significaba heterosexual y que yo lo fuera le daba tranquilidad].

Lila, en cambio, me dijo:

—¿Estás pendeja?

—Enamorada.

—¿Estás segura? Yo creí que nomás era despecho de bisexual…

—¡Lila!

—Júrame que no empezó por despecho.

—Tal vez empezó así, pero ahora…

—Estás pendejamente enamorada.

Mi hermana, que ya había dejado de ser la hermana mayor harta de la menor, me abrazó, no ocultó lo que pensaba de mi decisión.

—Dejarlo todo por un hombre ya no está de moda, nomás te digo. **Tu vida está aquí**.

Mi hermana pocas veces habla en negritas.

Nunca dijo, ¿Y nosotras qué?

Yo sabía bien que irme significaba dejarlas. Teníamos toda la vida juntas. Desde que papá se fue. Juntas. Mi madre y nosotras. Juntas. Además, estaba el vínculo entre Lila y yo. Juntas vivimos todas las etapas de mi mamá: la mamá cuidadora y preocupona de los primeros años; la mamá triste y deshilachada por el divorcio; la mamá más resuelta, pero en la menopausia; la mamá con amigas y citas con: Señores que nomás dan risa o lástima, hija.

Yo me fui y mi hermana se quedó, pero viaja tanto que: Parece que Lila nomás hizo de la casa otro hotel, te lo juro. Pero en ese "hotel" siempre hay café con canela. Y puedes volver cuando quieras, esta siempre será tu casa.

Cuando Ken y yo discutimos, y me refiero a esas discusiones tremendas de gritos, lo único que me alivia es pensar que en el peor de los casos puedo volver a ese lugar de café con canela.

Diario,

Lila está siempre de malas. A papá ni lo vemos. Yo estoy como zombi. Pero la que sí lo está pasando mal es mi mamá. La oigo llorar cuando se baña. La oigo llorar cuando apaga las luces y se va a dormir. La oigo llorar cuando habla por teléfono con la abuela. Lo que más me duele es que cuando sí la vemos llorar o le vemos la cara después de llorar, se disculpa. Ya se me pasará, dice y dice.

Lila piensa que a mi mamá le falta una buena llorada, así de gritos y jalón de pelos y todo, para que se le salga el bicho. El bicho es mi papá, dice. Yo también quiero que se me salga el bicho.

## Nin

Jueves
y salí de clase ilesa

Sontag, en su diario, coincide con Nadya y habla maravillas de Anaïs Nin [Nota bisexual: Mi amiga diría que porque son del mismo sindicato, por supuesto]. Decidí hacerles caso y después de clases fui a la biblioteca a hojear el primero de los diarios.

Desde el prólogo entendí que no sería una lectura fácil para mí. Joaquín Nin era pianista y abandonó a su familia por una de sus estudiantes, una mujer más joven que su esposa [Nota incómoda: Bonita coincidencia]; la madre entonces se llevó a sus hijos a España y luego a Estados Unidos. La escritura de Anaïs Nin nació por amor al padre:

> El diario empezó como diario de viaje, en el cual se consignaba todo para que pudiera ser leído por mi padre. Lo escribía para él y tenía intención de enviárselo. En realidad era una carta para que pudiera seguir nuestros pasos en tierras extrañas, para que supiera de nosotros.

Poco me importó que fuera la decisión de una niña o que la prologuista dijera que esos diarios serían fundamentales para etcétera, etcétera. Cerré el libro de golpe y estoy segura de que el sonido se escuchó hasta en el sótano. O tal vez lo que se escuchó fue mi voz repitiendo: **Escribió el diario para que pudiera ser leído para su padre, el cabrón que las dejó por una estudiante...** Lo dije así, en negritas. De milagro no lo dije también en mayúsculas y subrayado.

Una bibliotecaria se me acercó y me preguntó si estaba bien.

—Perfect.

—You, sure?

—Yes, I think.

Supongo que ninguna de las dos nos convencimos de mi respuesta y no sé cómo fue, pero terminamos hablando sobre la infancia de Anaïs Nin más allá de esa parte que se parece a la mía. Al final me confesó sus sentimientos encontrados con esta autora en un español atropellado pero hermoso:

—I mean yo, no me importan sus affairs excepto por *that* one.

—That one?

—The padre.

—Yo creo que eso es solo un rumor.

—Maybe. Anyway... are you interested in other French writers or...?

—Ehm... no, solo escritores de diarios o, más bien, diarios de escritores...

—Oh, nosotros tenemos de esos.

La bibliotecaria mencionó los de Tolstoi, Dostoievski, obviamente el de Anna Frank. Admitió que no entendía del todo la diferencia entre diaries y journals. Le dije que a mí me parecía que uno era más íntimo, mientras que en el otro cabía un poco de todo.

—Gosh, you have to check Virginia Woolf´s, por supuesto. Tenemos los todos. Editions nuevas y viejas.

—That's it! Lo que quiero son diarios de escritoras.

Me dijo que su compañera podría ayudarme en mi búsqueda, pero era tarde y yo tenía que correr a clase. Prometí volver en unos días.

—Podemos tener la bibliography que ustedes necesita, Professor.

Yo no necesitaba ninguna bibliografía. Igual prometí volver pronto.

Nin, Anaïs. *Diario I (1931-1934)*. Tr. Enrique Hegewicz. Bruguera, 1977.

En mi familia hay más profes que personas. Mi abuela y mi mamá, mi papá y mi tío. Mis madrinas. Yo no sé qué quiero ser cuando crezca pero profe no y no. Qué flojera, yo veo a mi mamá y se le va la tarde entera en calificar. A veces mi hermana le ayuda. En la primaria los del salón decían: qué padre, tu mamá es tu maestra. Pero no, es horrible. Cuando tu mamá es tu maestra no puedes equivocarte en nada. Tienes que esforzarte más en todo, sacar puros dieces, formarte derechita, estar siempre en el cuadro de honor, poner el ejemplo. Y luego pierdes tu nombre. Te vuelves La Hija de La Maestra y todo mundo te conoce y nadie te respeta. Yo pensé que ahora en la secundaria todo cambiaría, estaría libre de ser La Hija de la Maestra. Y sí. Pero no. Mis compañeros no lo saben, pero todos los profes sí. Uno hasta me dijo, Pórtese bien señorita que me la encargó su mamá. Los profes son más profes que personas. Soy la Hija de la Maestra. La hija del pianista. La hermana de Lila. En todos lados soy alguien porque soy de alguien.

## Subrayar

Viernes
en casa
antes de ir a terapia

Subrayar un libro o un diario de una autora es una cosa, subrayar el diario que una misma escribió es una experiencia indescriptible, diría que es como una autovalidación, pero eso es demasiado sesudo, es como un abrazarse a sí misma, al yo que una fue. Tú te despiertas algo, tú te despiertas el deseo de guardar tus propias palabras. Te despiertas, también, el deseo de cuidarte porque te das cuenta de que sigues cargando lo mismo. Antes eras la hija de. La hermana de.

Mírate ahora: Eres la esposa de un escritor, eres la esposa de un profesor y no puedes equivocarte en nada. Tienes que esforzarte más en todo. Derechita. Además, perdiste tu nombre. Eres alguien porque eres de alguien. Se olvidan de ti.

Te borran. Te vuelves nadie.

Eres nadie.

## Resumen de la terapia en cuatro líneas

Viernes
escondida
en un café

Mírate.
No te borres.
No eres de alguien.
Eres alguien.

# dos

I want to live and feel all the shades, tones, and variations of mental and physical experience possible in my life.

*The Unabridged Journals of Sylvia Plath*

...and it is a fact that I can think something out only by writing it.

*The Journals of May Sarton*

## Sargazo

Lunes<br>descansar<br>de las vacaciones

Él había propuesto ir a la playa y habíamos tenido tres distintos tipos de pelea al respecto: en vivo, por texto y por teléfono. Sé que yo tenía razón, en spring break todas las playas están llenas de esos seres de los que queremos escapar: los universitarios.

También sé que como él viene de un lugar cerca del mar necesita su dosis de arena, algas y música a todo volumen. Así que no tuve más remedio que ceder y pasar cinco días tomando el sol, bañarme entre el sargazo y tratar de dormir mientras escuchaba una playlist repetirse una y otra vez desde la playa.

Por eso, hoy lunes, en lugar de desempacar o preparar clase, he decidido tirarme al lado de Abu en la alfombra y no hacer absolutamente nada. Como el sargazo.

## Leer y escribir

Martes después de clase

Ken estaba de mal humor después de clase. Decía que perdía el tiempo, que sus alumnos no solo no sabían escribir, sino que nunca llegarían a ser escritores. Yo lo escuchaba sin decir nada; es mejor no llevarle la contra cuando está de malas. Luego decidí cambiar de tema. Le conté que mi mamá nos había enseñado a leer y a escribir antes de que entráramos a la escuela. Ken, al principio, guardó silencio, como si se vengara de que yo lo hubiera guardado cuando me habló de sus alumnos. Luego dijo:

—Tal vez estaba aburrida.

Me reí, eso hago cuando sus bromas calan. Es más fácil. Me tomé el último chorrito de café que deshizo el nudo en mi garganta. Recogí la mesa, lavé las tazas y las guardé como a mis lágrimas: antes de que se secaran.

Ken me preguntó qué tenía y pronuncié la palabra clave en estos casos: Nada.

Diario, tú y yo sabemos que ningún hombre con dos dedos de frente se cree el cuento de: Nada.

Hemos llegado a discutir cuarenta y cinco minutos sobre nada.

Cuando acabé de lavar y de llorar, me llevé a Abu y a mi mal humor a caminar. Ambos avanzaban lentos y desganados.

Lo puedo escribir ahora sin duda alguna, mi mamá no estaba aburrida, ¿cómo iba a estarlo si tenía tantas cosas encima, el trabajo, la casa, los problemas con mi papá? Mi mamá nos enseñó a escribir para prepararnos. Ken está equivocado.

La llamé mientras Abu buscaba y buscaba el lugar preciso para orinar. [Nota: Creo que es hora de volver a ir a la veterinaria].

—¿Por qué me enseñaste a leer cuando era tan pequeña?

—...

—¿Má?

—También te enseñé a escribir.

Lo que quiero decir de mi mamá y lo que siento por mi mamá no cabe en este diario. Aparte, no me perdonaría el exceso de adjetivos.

Ya no es importante saber por qué lo hizo, sino que lo hizo. Si cierro los ojos ahora, nos veo en la mesa del comedor, dibujando vocales, formando palabras juntas, leyéndolas en voz alta.

Luego me veo a mí sola, pero ya no estoy en la mesa, estoy en mi cuarto, acostada de panza en el piso o sobre mi cama. ¿Qué escribo? Tal vez el diario, tal vez una tarea, pero sé que estoy entretenida, sé que me gusta hacer bien redonda la panza de la a, de la o, de la b y de la d. Unos años más y estoy con esa profesora, ¿cómo se llamaba?, la que insistía en enseñarnos cursiva cuando ya nadie enseñaba cursiva y yo no podía hacerla. Le decía que esa letra era como bordar y yo no quería aprender a bordar, que la cursiva me hacía escribir lento, muy lento, y yo necesitaba escribir rápido porque tenía mucho que decir. ¿Qué?, me preguntaba ella. No sé, le respondía.

O a lo mejor nada de eso pasó y todo me lo estoy inventado ahorita con tal de estar aquí escribiendo y no en cama al lado del Gran Profesor que piensa que ninguno de sus alumnos va a ser escritor y que de seguro también piensa que yo tampoco puedo serlo.

¿Galletas de la suerte?

Miércoles

Cuando Ken llegó de clase tuvimos una charla profunda. Le expliqué *algo* de mi *nada* del día anterior. Le dije que, aunque me he sentido mejor, y que la terapia ayuda, todavía arrastro el ánimo. Me escuchó atento, se disculpó. Nos abrazamos, comenzó a comerme a besos, pero como creo que se ha acostumbrado a que los besos no llevan a nada, no intentó más. Se tomó un largo baño en tina y yo me puse a cepillarle el pelo a Abu, se le sigue cayendo y debo decírselo a la veterinaria mañana.

Ordené comida china y, raro, solo venía una galleta. Gran Escritor me la dejó. Decía:

DO YOUR JOB TO BE THE BEST
OF YOUR ABILITY.

Estoy comenzando a creer que las galletas no son de la suerte. A veces no traen suerte, sino exigencias. Siento que esta quiere todo de mí: que preste más atención a mi matrimonio, a mis clases, a mis lecturas, a mí. Esta galleta me exige lo mejor y yo que ni siquiera puedo dar lo regular.

## Renacida con Sontag

Jueves
casi viernes

Ken de Kansas se ha ido a otro de sus viajes. Su asistente debe estar harto de suplirlo. Estará fuera una semana. Mi atención solo se dividirá entre calificar reportes de lectura, mi perro, sus medicinas y la última sección del diario de Susan Sontag. Estaba lista para terminarlo hace unos días, pero quise extender más el placer.

> En esta sociedad, una debe elegir lo que «nutre» – el cuerpo debe privar a la mente, + viceversa. A menos que, para empezar, una tenga mucha suerte o sea muy inteligente, lo cual yo no era. ¿A dónde quiero dirigir mi vitalidad? ¿A los libros o al sexo, a la ambición o al amor, a la ansiedad o a la sensualidad? No puedo tener ambas. Ni se me ocurra pensar en la posibilidad externa de que al final lo recuperaré todo.

Y yo, ¿a dónde quiero dirigir mi vitalidad?

Cuando cierro el diario me doy cuenta de algo, que seguramente todos saben y yo apenas descubro: en los diarios a veces hay dudas y expectativas. Se escribe y se duda. Se escribe con esperanza. O tal vez porque, cuando se duda, por eso, precisamente, se escribe.

## Las bibliotecarias

Viernes
después de terapia

De la biblioteca me han estado enviando correos para decirme que vaya a recoger una lista de diarios que no recuerdo haber pedido, y que, por algún motivo, no pueden enviarme de manera adjunta en el correo. Después de terapia, en vez de ir a casa a llorar, fui por la lista.

La bibliotecaria me saludó en cuanto me vio. Me disculpé por haber tardado tanto en volver.

—No preocupe.

La seguí a su oficina, donde, con toda ceremonia me entregó, no una, sino dos listas. Una con nombres de algunas autoras que escribían diarios; otra con aquellos que estaban disponibles en nuestra biblioteca.

—Esto es maravilloso.

—Not really, look.

Me mostró una tercera lista con diarios de escritores, las comparamos e intercambiamos miradas. Conclusión: Se han publicado más diarios de hombres.

—Lo siento, ni pregunté tu nombre.

—Kim.

—Gracias por esto, Kim, yo soy…

—¡Profesora, nosotras sabemos quién eres!

Caminando hacia nosotras llegó otra bibliotecaria, aquella que no me dejó salir sin Alejandra Pizarnik. Kim me susurró:

—Victoria can be a lot.

Victoria tenía un folder en la mano, lo abrió frente a mí y me explicó:

—Estos son algunos artículos de académicos que encontré para su tema.

—¿Mi tema?

—Bueno, *nuestro* tema, a mí me encantan los diarios. Cuando Kim me dijo que estaba leyendo a Anaïs Nin, me acordé de que se había llevado a Pizarnik y de que la vi leyendo el de Susan Sontag. Lo entendí todo. Para mí que Anaïs Nin es una de las mejor diaristas.

—Only after May Sarton.

—Oh, shut up!

Quise explicarles que no estaba investigando nada, pero fue imposible interrumpirlas, hablaban y se regañaban y se reían.

—Show her your book.

Está muy chévere, *American Isis: The Life and Art of Sylvia Plath.* Carl Rollyson. [Nota editorial: Los títulos de libros en labios de bibliotecarias salen automáticamente en cursivas].

—El título es…

—Bárbaro, ¿no? ¿También la foto en la portada, ¿verdad? Me lo recomendó una amiga.

—Janet, es experta en Plath.

—¿Usted ha leído sus diarios?

—No.

—Kim?

—On it.

Mientras Kim se lanzaba a su misión, Victoria me contó toda su vida. Dejó Puerto Rico a los veintiuno porque el cristianismo de su familia no la aceptaba como lesbiana. Vivió en todos los lugares donde había mar, río, lago o comunidad queer, hasta que conoció a Kim, que era nieta de migrantes belgas, la menor de cuatro hermanos tóxicos y diabéticos. Se conocieron haciendo la maestría, se perdieron la pista por años.

—Cuando llegué a trabajar en este pueblo, Kim estaba casá con un tipo bien jodón. Pero no lo quería, era bien infeliz la pobre. Yo me acababa de separar de mi pareja y, mira, chica, yo digo que acompañarme en esos momentos la hizo verse a sí misma. Kim dejó el marido, salió del clóset, y meses después tuvimos nuestra primera cita.

De modo que Kim estuvo casada con un hombre antes de estar con una mujer. En relación con la mía, su experiencia es al revés. Tuve ganas de contarle a Victoria de la mujer que amé antes de casarme con un hombre que, la verdad, a veces es bien jodón.

Kim volvió con una edición de lujo de *The Unabridged Journals of Sylvia Plath*, lo puso en mis manos y sentí el peso de una vida llena de palabras.

Me quedé un rato platicando con ellas. De libros, de vida, de libros. De café, de comida, de lo que extrañamos las que terminamos viviendo lejos de casa. Convencí a Victoria de hablarme de tú y a Kim de leer poesía en traducción para practicar su español y ellas a mí de visitarlas con frecuencia.

Sentí que, gracias a los libros, hacía amigas para toda la vida. Así fue con Nadya, nos acercamos el primer año de la universidad, quejándonos porque no había suficientes libros de mujeres en nuestras clases.

Cuando iba a despedirme, Victoria puso su mano en mi hombro, ¿les podía contar un poco sobre mi proyecto?

—No es un proyecto.

—Pues que lo sea.

A la salida me encontré a la profesora argentina, la del esposo mamón, nos saludamos y miramos los libros que había elegido cada una. Sonreí con sus clásicos de clásicas: Carmen Martín Gaité y Carmen Laforet. Sentí una pizca de desdén en su mirada hacia "mi" diario de Plath.

## Las diaristas que son escritoras

Mismo viernes<br>dos horas después<br>en mi escritorio

De la lista de diaristas reconozco algunas y descubro otras. En el navegador busco detalles, fragmentos, quiero darme una idea de lo que me he estado perdiendo.

| Nombre | Notas |
|---|---|
| 1. Gertrude Stein | (1874-1946) Estados Unidos. *The Autobiography of Alice B. Toklas.* No es diario, pero digamos que es una escritura tan íntima que tiene calidad diarística. Curioso, claro, considerando que no lo escribió Alice sino Gertrude. Este libro no pertenece a esta lista. |

| | |
|---|---|
| 2. Virginia Woolf | (1882-1941) Inglaterra. *The diaries of Virginia Woolf.* Seis volúmenes que son testimonio de su escritura, manías, certezas y preocupaciones. Su infinita tristeza. También cotidianidades como esta que seguro ella preferiría que no pasara a la historia, y que a mí me encanta: "Hoy empecé el tratamiento para los callos. Tengo que seguirlo durante una semana". [Woolf ha sido más que estudiada, como escritora y diarista, no me necesita]. |
| 3. Marguerite Yourcenar | (1903-1987) Bélgica. Llevó diarios toda su vida [¿De ahí la forma de *Memorias de Adriano?*] Acomodaba vida personal al lado de procesos creativos. Algunos fragmentos de este se publicaron como *Archive Du Nord*, donde se supone que incluyó también cartas. [El diario para algunas es como una cajita donde todo cabe y no importa que los recuerdos no sean perfectos o estén en orden]. |

| | |
|---|---|
| 4. May Sarton | (1912-1995) Bélgica/Estados Unidos. *Journal of Solitude.* Cuatro volúmenes. Inicia en 1973 y acaba en 1984. Ella muere once años después de la publicación del último. No me creo que haya dejado de escribir un diario en esos once años. [¿Qué hace que una diarista deje de escribir?] |
| 5. Sylvia Plath | (1932-1963) Estados Unidos. Mi nota la escribiré hasta leer el volumen que me dieron mis bibliotecarias. [¿Sus diarios estarán en alguna biblioteca o museo disponibles al público?] |
| 6. | |
| 7. | |

## Sylvia la diarista

Sábado
huele a flores
y Sylvia Plath
dibujaba flores

Esto dice Sylvia Plath:

> Chicas, chicas por todas partes, leyendo libros. Caras concentradas, piel rosada, blanca, amarilla. Y yo sintiéndome aquí sin identidad: sin rostro. Me duele la cabeza. Tengo que leer Historia, siglos que comprender antes de dormir, millones de vidas que asimilar antes del desayuno mañana. Sin embargo, sé que en la casa está mi habitación, llena de mi presencia.

Esto digo yo:

> Mujeres, mujeres por todas partes, escribiendo diarios. Caras concentradas, piel rosada, blanca, oscura. Y yo sin identidad: sin rostro. Me duele la cabeza. Tengo que leerlas, siglos que comprender antes de dormir, millones de vidas que asimilar antes del desayuno mañana. Sé que en la casa tengo una habitación, ¿dónde está de mi presencia?

Esto dice Sylvia Plath:

> No puedo resistirme a escribir sobre mi cita del sábado pasado. Ahora es lunes, 20 de noviembre, son las once y media de la noche. Acabo de terminar mi tercer ensayo de inglés: "El carácter es destino". Si tuviera que arriesgarme a elegir cuatro palabras para resumir mi filosofía de vida, elegiría esas.

Esto digo yo:

> No puedo resistirme a escribir. Ahora es jueves, son las ocho de la mañana. Acabo de leer la página 55 del diario de Sylvia Plath, ella titula "El carácter es destino" a un ensayo. Si tuviera que elegir cuatro palabras para hacer una filosofía de mi vida, sería un riesgo usar esas.

Plath, Sylvia. *Diarios completos*. Ed. Karen V. Kukil. Alba Editorial, 2016.

¿Amigas, dices?

Sábado
cenamos fuera
pero nos debimos quedar dentro

Decidimos cenar fuera. Decidimos ir caminando. Decidimos contarnos algo bueno de la semana. No voy a mentir, lo decidió él, pero todo me pareció buena idea.

—Empiezo yo: a mi editor le gustó mi avance de la novela.

—Qué alegría, ¿cómo te sientes?

—Contento.

—¿Y ya me vas a contar de qué se trata?

—Pronto, pronto. Ahora es tu turno, Barbie.

—Esta semana me pasaron dos cosas buenas: 1) He vuelto a escribir, y 2) Hice una conexión con dos bibliotecarias.

—¿Conexión? ¿De qué tipo de conexión estamos hablando?

—¿De cuál va a ser? Serán mis nuevas farmacéuticas de libros.

—Ah, ¿este viejo ya no te sirve?

—No seas bobo. Son mis amigas.

—¿Amigas dices?

—Sí una se llama Victoria y la otra…

—Ah, la lesbiana.

—…

—Cuidado con ella ¿eh? No es de fiar.

—¿Por qué dices eso?

—¿Dónde te quieres sentar?

Llegamos al restorán, Ken abrió la silla para sentarme y me dio un beso en la cabeza. Le insistí que volviera al tema. Me ignoró, por supuesto, y ordenó la pizza y el vino de siempre. Volvió a los halagos de su editor sin decirme nada sobre la trama de su novela, luego me enlistó sus próximos viajes y pendientes. Yo lo escuchaba y no, su comentario sobre Victoria ocupaba mi mente. Llegó la pizza:

—Está casi tan fría como tú en la cama.

—… [Nota autoacusatoria: No dije nada porque no quise engancharme en una discusión].

—Es broma, flaca.

Llamó al mesero, le reclamó lo de la pizza y de algún modo Ken le sacó otra botella de vino para compensar el disgusto. Yo observé todo sin opinar, pero mi cuerpo rígido y mi mirada acusatoria me delataron.

—¿Por qué estás así? Te dije que era broma, amor.

No era broma, antes de abrir la segunda botella ya estaba señalándome que el sexo tan esporádico comenzaba a afectar su concentración. Y a preguntarme si la terapeuta ya estaba trabajando para resolver **mi** problema.

El siguiente espacio en blanco dentro del corchete le corresponde a la pelea que me niego a incluir en mi diario:

[                    ]

Durmió en el sofá y al otro día se fue a su viaje sin despedirse. Tengo una apuesta conmigo misma. Me va a mandar un mensaje de texto o me va a llamar bajo cualquier excusa, va a hacer como si no hubiera pasado nada. No le quedará de otra porque esta vez no pienso reconciliarnos yo.

Lo único que voy a hacer es repetirme esta frase de Sontag en loop eterno:

> Puedo recordar cómo era no estar casada —lo que hacía—, pero no puedo sentirme como era entonces. Puedo recordar cómo era no estar casada —lo que hacía—, pero no puedo sentirme como era entonces.

## Escondidas por los rincones

Lunes
seis de la tarde

Pasé la mañana leyendo el diario de Sylvia Plath, sus años universitarios. Luego aproveché para ver qué diaristas había en la biblioteca de casa. Busqué y busqué. Kakfa es el único diarista. Ya en esas me dispuse a revisar si había algo nuevo en los estantes.

No. "Tenemos" los mismos libros de los mismos autores. Ficción, ensayo. Un poco de poesía. Hombres en su mayoría. No tendría por qué sorprenderme, desde nuestras primeras charlas. Él me recetaba hombres. Su biblioteca es un altar. Un altar al canon.

Igual y no me di por vencida, hay santitos en este altar a los que ya no les rezaría, otros a los que al menos una velita sí les pongo. Debo admitirlo, hay santitos en este altar a los que ya no les rezaría, pero hay un ABCD al que aún les pongo velitas: Arenas; Borges; Carpentier; Donoso; y dos efes, Faulkner, Flaubert. Iba a desistir cuando me entró una duda. ¿Qué está leyendo Gran Escritor con sus alumnos? Revisé el escritorio, abrí los cajones y nada, ni un sílabo, ningún programa, o bibliografía. No había nada sobre sus clases. Nadie pensaría que se trata de un profesor. Eso sí, este es el espacio de un lector, de un escritor, uno de esos que lee varios libros al mismo tiempo. Hay separadores y esquinitas dobladas en cuatro o cinco libros repartidos entre el escritorio, el librero y el sofá. Libros pasta dura y pasta blanda con subrayados y notas al margen. Signos de admiración. Vivo con un lector voraz.

Pero el profesor, ¿dónde está?

Me cayó el veinte; lento, pero me cayó. Todo eso está en su oficina de la universidad. Pensé en ir, pero desistí. ¿Para qué? Aún sin ver esos estantes y los sílabos de sus clases es fácil saber quiénes están ahí, derechitos, uno detrás del otro, alfabéticamente o por tamaño. Muy formaditos. Ellos, los señores, los grandes escritores.

Quiero enojarme, en verdad quiero enojarme porque yo me la paso buscando autores de hoy o desenterrando a autoras que nos brincamos en el pasado, mientras él, de seguro, lee los textos de siempre con los autores de siempre. [Nota confesional: me quejo querido diario, pero los de siempre me formaron. Antes y después de Ken].

Ken me habló de más autores que mis profesores de la licenciatura y de la maestría. Me enseñó a leer debajo de las líneas que estaban debajo de las líneas. Él era mi farmacéutico y me recetaba libros. ¿Leíste ya esta novela, has leído este ensayo, tienes este cuento? Mi respuesta era: no, no y no. Me sentía avergonzada, pero él no me juzgaba, su respuesta era siempre: ¡Uy, lo que te espera, muchacha!, y se sobaba las manos, emocionado por mí.

¿Cómo no enamorarme de él?

Cuando me visitaba, llegaba con un cargamento de libros para mí, en ocasiones con libros firmados por sus autores, porque había leído con ellos, porque los había conocido en alguna feria. Libros dedicados a mí. Me lo imaginaba contándoles de mí y a ellos tomándose el tiempo de escribirme pequeñas notas donde me invitaban a escribir. En ocasiones, cuando los libros habían sido escritos por gigantes de la literatura, las dedicatorias eran escritas por él, dedicatorias de mentiras, inventos suyos para hacerme sentir única. Así es como tengo ediciones firmadas por Paul Auster, Julian Barnes, Fernando Vallejo, Javier Cercas, Almudena Grandes...

Pasé los primeros años de nuestra relación leyendo todo lo que no había leído, platicando con él sobre esas tramas, personajes, conceptos. Sus lecturas y charlas me formaron. Me deformaron, diría Nadya, que, desde hace años, solo lee mujeres. [Nota curiosa: Nadya y yo seguimos conectadas, yo leo diaristas; ella, escritoras].

Mujeres, aquí debe haber mujeres, seguro el Gran Escritor también lee mujeres. Hemos hablado de O'Connor, de Atwood, también de Garro, de Castellanos. [Nota educacional: Llevar textos de Castellanos a clase]. ¿Dónde están las mujeres?

## Modesta

Martes y jueves
de Castellanos

Para mis grupos de español básico llevé el poema "Canción de Cuna" de Rosario Castellanos. Practicamos adjetivos y sustantivos, hablamos de las canciones de cuna mexicanas, vimos otros ejemplos y luego entre todos escribimos una. Para mi grupo avanzado leímos "Modesta Gómez". Es decir, fue un día Castellanos.

Las sesiones fluyeron de maravilla, siento que interesaron, porque mientras trabajaban caminé entre los pupitres y pude husmear en las pantallas de sus celulares y vi fotos de Castellanos y lo que, asumo, eran cachitos de su biografía, artículos o fragmentos de otros poemas. Vi incluso un par de portadas de sus libros. Claro, también había pantallas con marcadores de béisbol o muros de Instagram.

Cuando salí del último salón, Deborah-Debbie me alcanzó y me pidió que le recomendara una novela de Rosario Castellanos. Hay que comenzar con *Balún Canán*, le dije con voz de profesora que lo sabe todo y que no sé de dónde salió. Ella lo anotó en su teléfono, se dio la vuelta y, antes de que se marchara, le dije que podía empezar por donde quisiera:

"La cosa es empezar". Por primera vez, Debbie me sonrió.

Caminé a casa sintiéndome flamante, pero abrí la puerta y encontré un cagadero. Literal. Abu estaba bajo la mesa del comedor con su cara de niño pidiendo perdón. Le mandé a Ken un mensaje que aún no responde.

## En cámara lenta

Viernes

—A veces siento que se disculpa pero en realidad habla en cámara lenta y quiere explicar por qué dice lo que dice o hace lo que hace.

—Se justifica. Cuéntame, ¿sientes que siempre ha sido así la dinámica entre ustedes o es algo nuevo?

—No... Sí... No sé.

—¿Qué te parece si hacemos un ejercicio? Trata de pensar en alguna discusión. No una reciente, sino de hace tiempo.

—Mmmh... [Nota confesional: Trato de buscar una de hace tiempo pero la de la pizzería me interrumpe. A ver... Listo, tengo una].

—Ahora piensa en todos sus detalles, ¿fue por teléfono, fue por mensaje, frente a frente? Piensa en dónde estaban. No me digas nada, solo obsérvala.

—...

—Bien, ahora, trata de recordar. ¿Qué la desató?

—Él, porque yo...

—Qué la desató, no quién. Pero ya que lo dijiste, trata de observar el contexto y luego vas a darle fast-forward, como película. Quiero que llegues al final.

—Fast-forward, ¿por qué no se puede hacer eso en la vida?

—¿Te gustaría adelantar tu vida?

—Lo decía en broma.

—Volvamos al ejercicio. ¿Pudiste ver la "resolución" de esta película?

—Sí.

—¿Y cómo te sientes?

—Incómoda.

—¿Por qué?

—Porque me disculpé yo.

## En Fast-Forward

Fin<br>de<br>se<br>ma<br>na

Sábado

Solo me paré al baño, a preparar café y a llevar al perro a orinar. El resto del tiempo se lo dediqué exclusivamente al diario de Sylvia Plath. Como es un volumen de la biblioteca me vi imposibilitada a subrayarlo, pero anoto aquí algunas frases que me llamaron la atención:

- Creo que ahora sé lo que es la soledad, al menos la soledad circunstancial. Procede de un núcleo difuso del yo.
- Mi cabeza es, por recurrir a una metáfora muy facilona, como una papelera llena de hojas desechadas, bolas de pelo y corazones de manzana en descomposición.
- Soy lo que siento, pienso y hago.

Ignoré todos los mensajes de texto de Ken.

Domingo

Tomé tres siestas de treinta o cuarenta minutos. Por la tarde ordené comida china. Tiré la galleta de la suerte. He decidido desconfiar de las galletas.

Contesté todos los mensajes de texto de Ken con el emoji del pulgar o un OK.

## Ejercicios de calentamiento

Martes

Sigo en el mundo Plath. Leo su diario y leo sobre ella. Pasé del papel a la red. Encontré muchísima información sobre sus primeros años de vida. Muchísima desinformación sobre los últimos.

Leyendo su diario dan ganas de nunca dejar de escribir el mío. Es una diarista que en cada línea deja su voz, su ímpetu, sus ganas de escribir, su impulso de destruir cuando algo no le gusta y su capacidad de regresar a la página. Una. Y otra. Vez. Traduzco:

> 15 de julio de 1957. La página virginal, blanca. Hoy empecé de golpe, escribí la primera página y tuve que arrojarla a la basura, junto con todos los sueños y las promesas; ¡aguardar hasta ser capaz de escribir de nuevo y, cuando por fin me pongo, la dolorosa primera página es una chapuza! No he conseguido decir nada, solo hacer ejercicios de calentamiento.

A cada rato me digo: Debería irme a casa. Y me contesto: Dos páginas más y ya. Cuanto más leo a Plath, más comprendo que no importa en dónde termine la escritura, porque aún si es solo un ejercicio de calentamiento, nos saca del lugar donde estamos.

> Lentamente, con inmenso sufrimiento, como en el parto eterno de una criatura primitiva, me quedo echada y dejo que surjan las sensaciones que se observen a sí mismas y se expresen en palabras...

La escritura primitiva de Plath me despierta sensaciones, me obliga a observarme a mí misma. A expresar con palabras, a dejar que surjan las emociones; esta, por ejemplo: no soy feliz, no soy feliz con él, no soy feliz conmigo. No soy feliz.

La maestra de español nos hace leer en voz alta. Ayer nos hizo leer poemas de Gabriela Mistral, que, dice ella: es un clásico. NO entendía todo lo que leí en voz alta pero había palabras que se sentían muy bien en la boca.

Un día a la semana nos da veinte minutos para escribir lo que queramos en unas libretitas que nosotros mismos hicimos. No te pongas celoso diario si escribo más en la libreta que en ti, okey?

## Curaduría

Miércoles

Gran Escritor llegó de clases.

Cansado.
Hambriento.
De Malas.

Es posible que no haya llegado de malas y que la falta de cena o comida lo haya puesto así. No me disculpé. Tampoco le expliqué por qué no había comprado nada. Solo le propuse ir al súper apenas terminara lo mío.

—No way.

Agarró una sopa ramen, que de eso siempre tenemos, y se la preparó. Se fue con su bowl, cuchara y tenedor a nuestra habitación, no sin quejarse de que el pelo del perro estuviera en todas partes.

—Acuérdate que ha estado enfermo y …

—Whatever.

No le vi caso sacudirle el mal humor. Me concentré en terminar de escribir. Luego, con toda calma abrí el refri, revisé la alacena y en la mente hice una lista y salí.

Pasé por franquicias y restoranes. Consideré comprar hamburguesas o kebabs, pizzas o alitas. Hacerme la vida fácil, pues. Ni siquiera un buen caldo casero lo iba a contentar y lo sabía, no tenía por qué demostrar nada, pero me aferré, no haría mandado, haría una curaduría de víveres.

Eligiendo las alcachofas, que nunca sé cuánto tiempo tienen que cocerse, escuché mi nombre. El mío, no el del perro ni el de Gran Escritor. El mío. No recuerdo cuándo fue la última vez que lo había escuchado sin el M'am, el Miss o el Professor-profesora o el apellido de él a un lado.

Mi nombre, escuché mi nombre entero, no recortado ni en diminutivo.

¿Que quién era? Mis bibliotecarias. Kim y Victoria salían de hacer la compra en *mi* súper.

Descubrimos que vivimos más o menos cerca y luego intercambiamos comentarios generales sobre precios, alcachofas, pollo rostizado y Plath.

—Kim y yo lo estamos leyendo contigo, Profesora.

—Nos gusta favorita.

—El español de Kim no es muy bueno, as you can see. Anyway, estamos leyendo la sección de 1950 al 53 al azar. Decimos, por ejemplo…

—Eighty!

—Y esa entrada leemos.

Kim me informó que llegó a la biblioteca el volumen uno de los diarios de May Sarton, *Journal of Solitude*. Repitió lo mismo de la última vez: Sarton es la mejor diarista de su generación. Victoria hizo cara de not really. Nos despedimos con un fuerte abrazo, como si no nos hubiéramos visto el día anterior, como si no nos fuéramos a ver mañana o pasado.

Caminé a casa con esa energía que solo te dejan las amigas.

Cuando llegué, Ken de Kansas tiraba la mitad de su sopa en el basurero, estaba más dispuesto a hablar conmigo y yo con ganas de escucharlo. La tarde se iluminó un poco, nada como milanesas de pollo y puré de papa para poner de buenas a alguien.

Me entregó un lo siento breve y dulce, le di un beso y lo abracé. Después llegó la explicación sobre su malhumor, es decir, su justificación. Es que la clase, es que el material, es que los alumnos, es que el refri, la alacena, es que los pelos del perro.

—Hasta tú te pondrías de malas, Barbie.

Quise embarrarle el puré en la cara, empanizarle una mano, pero yo, como Plath: Jamás tendré todas las destrezas que querría tener.

## La falta y el insulto

Jueves en la mañana

Estoy emputada. Es posible que esté emputada con él, claro, pero, sobretodo, conmigo. Me lo digo yo y me lo dijo él: ¿Por qué estaba yo abriendo cajones, hurgando entre sus papeles, quién me tiene en su espacio **justo cuando él está de viaje**?

Le expliqué que solo estaba buscando información de sus cursos, y ni así bajó la guardia. Me aventó frases como carteles:

**Invasión a la intimidad**

**Falta de respeto** **Insulto a la confianza**

—Tienes razón, tienes razón, tienes toda la razón.

—¿Qué buscabas? En serio, ¿qué buscabas, Flaca?

Le repetí una y otra vez que, en serio, quería ver su bibliografía, qué leía con sus alumnos. Eso, solo eso.

Terminé disculpándome y ahora que lo escribo, la verdad no sé de qué me estaba disculpando. Igual el daño estaba hecho, la invasión, la falta y el insulto estaban ahí, acomodándose a vivir con nosotros.

## Mismo

Jueves,<br>el último<br>de<br>marzo

¿Y si esconde algo y por eso se molestó tanto de que yo estuviera en su oficina abriendo cajones y revisando gavetas?

## Nada

Primer viernes
de abril
dos de la mañana

Nada. No-está-escondiendo-nada.

## Abu es hijo viejo

Sábado

El culpable es él. Fue su idea adoptar un perro. Pero fui yo la que eligió un perro viejo que necesitaba comida especial, medicinas, harta atención. Nadie lo adoptaría, pobrecito. Ken solo dijo:

—Está bien, nos servirá de entrenamiento para cuando, you know.

You know

→ **Significa:** Para que te animes a tener el hijo que no te animas a tener.

→ **Significa:** Quiero un hijo contigo.

Siento que no escribo lo suficiente de Abu, a pesar de que lo amo tanto. Es más, antes de escribir diario, lo que ocurría en mi cabeza y lo que sentía, se lo decía a él.

—Abu, me siento triste. Abu, hoy no tengo ganas de nada.

Había estado inquieto, ansioso, mordiendo todo. Sufriendo para poder orinar. Perdiendo harto pelo. Y, narcisista como soy, primero pensé que yo le había contagiado mi tristeza. Obviamente no es eso. Es su corazón, la veterinaria le dio medicamentos y ordenó cuidados. He seguido todas las indicaciones al pie de la letra, pero esta mañana lo he visto más apagado que nunca. Ella lo revisó y me dijo:

—He is almost ready to cross the rainbow bridge.

—The what? —pregunté como pendeja.

—Oh, that's how we… ehm

En idioma veterinario, eso de cruzar el puente arcoíris es un eufemismo para decirte que tu mascota ya está en las últimas. Sentí como un golpe en el estómago. Mi Abu se va, se está yendo.

Lloré frente a la doctora, ella solo me daba palmaditas, There, there. Me dio un kleenex, me pidió que me calmara.

—He needs you strong.

Nos necesitamos fuertes, le dije a Abu camino a casa. Él me contestó:

—Lo sé.

O a lo mejor dijo: I know.

Hoy la maestra de ciencias naturales nos habló de óvulos y de espermatozoides, y de sexo. Nos hablaron de sexo. En el salón se oía un zumbido de risitas. Más de los hombres. Luego en el receso las mujeres nos quedamos en el salón para hablar de la menstruación. A cuatro ya les bajó y dicen que duele mucho. Nos prometimos cuidarnos si una se mancha sin darse cuenta.

¡Qué espanto la naturaleza! Yo no quiero que me baje, tampoco quiero tener hijos. A lo mejor un perro. Un gato. Pero hijos no. Nomás amigas, muchas amigas.

Tener hijos debe ser terrible. No. Yo no quiero hijos.

Pero si cambio de opinión, quiero uno, solo uno. Uno fácil.

No he cambiado de opinión.
No quiero hijos. You know?

## Los derechos de Plath

Domingo
por la tarde

Después de un viernes en que decidí saltarme la terapia y un sábado infernal, regresé a Plath. Como comencé al revés, leyendo primero el diario y después el prefacio, decidí volver a empezar en el orden correcto. Con la nota introductoria de Karen V. Kukil entré en un espacio que no es tristeza, aunque se le parece. Un lugar vulnerable que duele distinto en un lugar distinto.

Lo reproduzco aquí para que ese dolor no se quede solo en el cuerpo sino que se reparta en la página:

> En 1981, cuando el Smith College adquirió todos los manuscritos que seguían en poder de los herederos de Plath en Inglaterra, Ted Hughes selló dos de los diarios que se entregaban al archivo y estableció que no podrían abrirse hasta el 11 de febrero de 2013. Se trataba de los diarios que comprendían el periodo entre agosto de 1957 y noviembre de 1959, los años en que Plath había dado clases de literatura inglesa en el Smith College, seguidos del año que dedicó exclusivamente a la escritura en Boston e hizo terapia

con la doctora Ruth Beuscher. Ted Hughes retiró esos sellos poco antes de morir en 1998, y en esta edición se publican íntegramente por primera vez.

Los herederos de Plath son los hijos, pensé.

No.

Cuando Sylvia Plath se suicidó de la manera que todos sabemos, y por las razones que nunca vamos a entender y que tantos siempre van a juzgar, el heredero único fue Ted Hugues, porque solo estaba separada, no divorciada.

He aquí la verdad: los derechos de las publicaciones y traducciones de Sylvia Plath le pertenecían a él. Y él se dio el lujo de sellar.

> Los dos diarios que Plath escribió durante los tres últimos años de su vida no están incluidos: uno de ellos «desapareció», según cuenta Ted Hughes en su prefacio a la edición de Frances McCullough, *Journals of Sylvia Plath* (Nueva York, Dial Press, 1982), y no ha aparecido hasta la fecha. El segundo «cuaderno con el dorso marrón», que contenía las entradas hasta tres días antes del suicidio de Plath, fue destruido por el propio Hughes.

Observé con detenimiento la portada: esa hermosa sonrisa de Plath, su mirada como perdida en la nada y, al mismo tiempo, concentrada. Todo en la imagen está a punto de ocurrir, ella a punto de tocar su pañoleta, una mano a punto de entregarle una flor.

A punto, pareciera que Sylvia Plath siempre estuvo a punto. A punto de dar con algo, a punto de recibir el reconocimiento por algo. A punto de ser libre. A punto de ser feliz. A punto de.

Yo quiero llegar a algún punto. Un punto propio. El cuarto qué.

Todo eso que he marcado es el resultado de mis emociones.

## Más de Sylvia

Lunes

No fui a la biblioteca a dejar un libro o a recoger otro. Fui a hacer catarsis.

—Sylvia Plath, vine a hablar de Sylvia Plath.

Les conté con pelos y señales lo que había leído, sabían unas cosas, ignoraban otras.

—Janet, nuestra amiga sabelotodo de Plath, dice que Hugues se tardó días en avisarle a la mamá de Sylvia de su muerte.

—Can you believe that?

—Pero, ¿por qué?

—Para guardar secretos, of course. Los hombres como él siempre tienen secretos.

—Then, there's the edition of *Ariel,* her last book…

Me despedí de las chicas y caminé por el campus justo en los minutos esos entre clases, cuando todo mundo camina a prisa, con audífonos, mirando su teléfono o con la mirada perdida hacia el frente. Grupos de tres o cuatro chicas riendo o concentradas en alguna conversación, chicas de la edad de Sylvia cuando conoció a Ted. Chicas con la edad que yo tenía cuando leí a Gran Escritor por primera vez.

Los días vacíos

Martes<br>de sol gigante,<br>primera señal de calor

Creo que ya entiendo por qué la diarista favorita de Kim es May Sarton, existen muchas similitudes entre sus historias familiares. Ambas huyeron de Bélgica tras la invasión de las tropas alemanas y después de tocar varias puertas terminaron en el mismo lugar: Boston, Massachusetts. Es posible que Sarton haya sido referente de Kim en su reconocimiento como mujer lesbiana.

> **[2 de enero]**
> Siempre he estado rechazando el lenguaje porque es una invención masculina. Aunque la voz en mis propios poemas saliera de mí, se convirtió en una voz masculina en la página, y sentí la necesidad de destruir esa voz, ese rol, para hacer espacio a D en mi vida. No es solo mi ecuación, sino toda una tradición familiar, que decreta una timidez profunda y dolorosa para las mujeres…

**[18 de enero]**

Un día extraño y vacío. No me sentía bien, estuve acostada, mirando los narcisos sobre las paredes blancas, dos veces pensé que debía estar teniendo alucinaciones debido a su extraordinario aroma que va de una habitación a otra. Siempre olvido lo importantes que son los días vacíos, lo importante que puede ser, a veces, no esperar producir nada, ni siquiera unas pocas líneas en un diario.

The Journals of May Sarton: Volume 1. Open Road Media, 2017. Los días vacíos y semivacíos, los olvidos, los subrayados y la timidez profunda y dolorosa, todos míos.

## Lección de Cocina

Jueves

Ya dijo May Sarton que los días vacíos también son importantes. Pero por estar en días vacíos, no he escrito más sobre mis clases con Rosario Castellanos. Con el grupo de avanzado leímos "Lección de cocina" y a la hora de compartir momentos, palabras u oraciones que llamaran nuestra atención, Helen nos compartió la siguiente:

> La cocina resplandece de blancura. Es una lástima tener que mancillarla con el uso. Habría que sentarse a contemplarla, a describirla, a cerrar los ojos, a evocarla.

Pensé en mi propia [lección de] cocina, pero mi viaje personal acabó cuando alguien levantó la mano y me pidió que explicara la palabra **mancillar**. Debbie, que llegó tarde y de todos modos tuvo el descaro de hacer preguntas.

Titubeé. A veces me pasa con mi propio idioma que sé lo que una palabra significa, pero no sé explicarla y, mucho menos, traducirla. [Notal mental: esto aplica también a las emociones. En especial las que mancillan].

Logré explicarle con un par de ejemplos y pudimos seguir con la lectura, entonces Castellanos en la voz de Helen dijo: Perdí mi antiguo nombre y aún no me acostumbro al nuevo, que tampoco es mío.

Yo también perdí mi nombre cuando inicié mi relación con él, me volví un apodo.

Cuando nos casamos, también perdí mi apellido.

No me acostumbro a ninguno. Me pregunto si Rosario Castellanos escribía diarios. También si ella sentía que a veces sus días estaban vacíos.

## Pasajero

Viernes

—Lo otro es que mi perro está enfermo y, aunque es un perro viejo, siento que tengo la culpa.

—¿De qué?

—De estar viviendo esto, todo lo que implica su enfermedad, gastos, medicinas, visitas a la veterinaria. Genera mucha tensión entre nosotros y el colmo es que lo elegí precisamente por eso, porque estaba viejo y medio enfermo.

—A ver, explícame más.

—Todo mundo adopta cachorros o perros jóvenes y muy bonitos.

—Podrías verlo de otra manera: gracias a tus cuidados el perro ha tenido una vida más larga y amorosa. Además, sigue vivo y estoy segura que gracias a ustedes.

—Sí, pero…

—Me gustaría que ahondáramos en esto, ¿qué te despierta la enfermedad de tu perro?

—Es absurdo, lo sé… pero se me ha metido en la cabeza que el perro está resistiendo la muerte por mí, porque sabe que si se muere me va a dejar triste y sola.

—¿Crees que eso va a pasar si el perro se muere?

—Me voy a poner triste un tiempo, me voy a sentir sola, por supuesto, es mi compañero…

—Ajá…

—Lo voy a extrañar, pero voy a estar bien. ¿No?

—¿Por qué ibas a estar mal?

—Voy a estar bien. Pero, es que a veces siento que el perro es el único que… Por ejemplo, estas últimas veces que Ken ha viajado… bueno, no.

—¿Qué pasa con los viajes de tu esposo?

—Dices esposo y se me eriza la piel.

—¿Y qué es?

—Algo pasajero. Eso pensé. Pero te estaba hablando del perro.

—¿Qué pensabas que sería pasajero?

—Todo esto.

—No sé si te entiendo.

—Mi vida con él. Mi vida aquí. Hasta el perro iba a ser pasajero.

—Es momento de que hagamos el perro a un lado.

## Mi cumpleaños

Ken lo olvidó. Salió tempranísimo a la universidad y no me dijo nada, lo olvidó. Pero mi madre y mi hermana, no. Me cantaron las mañanitas y me recordaron, por centésima vez, esa fiesta en la que yo no quería que nadie le diera a mi piñata y protegí mi Power Ranger amarilla.

—Eras defensora de la defensora de la justicia, hija.

—Y berrinchuda.

Cuando me preguntaron si Ken me había hecho un regalo, mentí. El café me lo hice yo y de olla porque feliz cumpleaños a mí.

En la escuela, todos mis grupos me cantaron las mañanitas. Bueno, no, solo mis dos grupos de básico lo hicieron; y más bien me cantaron las manianitas. Las eñes nos siguen fallando, pero la erre del Rrrey David, no.

La sorpresa más linda me la dio mi grupo avanzado. Me hicieron dos regalos preciosos, *Poesía no eres tú,* de Rosario Castellanos; y *Ariel*, de Sylvia Plath. Ediciones de segunda bien cuidadas y con un perfecto olor a viejo.

No me leyeron la mente, a una se las inyecto a cada rato y a la otra me la han visto llevar a todos lados, supongo.

Es lindo esto, no me refiero a cumplir años sino a no pasar desapercibida.

Diario,

Es oficial. Ya no soy una niña. Ya me bajó. Y es cierto, duele. No la sangre sino los cólicos que te dan. Lo bueno que me bajó cuando nos tocaba quedarnos con mi mamá, porque ella me cuidó, me enseñó lo que las mujeres tenemos que hacer y me dio té para el dolor y chocolate para la tristeza. Ah porque eso te pasa cuando te baja, te da mucha tristeza.

Ken Cantante

martes
y todavía es
mi cumpleaños

me llamó por
la tarde
y me cantó
las mañanitas

desentonado
pero amoroso.

Me dijo que mi regalo de cumpleaños es ese viaje a Nueva Orleans del que habíamos hablado. No tengo recuerdos, ni entrada alguna en este diario, sobre querer beber y sudar todo el día en Nueva Orleans. No dije que sí, pero tampoco dije que no.

Espero haber dicho gracias.

Diario,

Hoy mi papá nos dio la "gran" noticia. Se va a casar con Sofía. Que quién es Sofía, Sofía es la persona de la que no se puede hablar en casa de mi mamá. La otra. Le dice mi mamá. La soprano, dice Lila. Es como quince años menor que mi papá. Y como quince años mayor que Lila. Qué raro, ¿no?

Como Lila les dijo felicidades, yo también lo hice, pero no sé si lo siento. Ya no imagino a mis papás juntos pero, ay no sé. No siento felicidad ni les deseo felicidad. La felicidad la quiero para mí, para mi mamá, para Lila, para mis amigas.

Querido Diario,

Estoy muy contenta. La maestra de español me felicitó por el poema que escribí sobre la primavera. Tienes unas imágenes hermosas. Sigue escribiendo. Y voy a seguir escribiendo. He estado leyendo mucho, todo lo que ella nos pone a leer, por supuesto, pero también otras cosas que ella o mi mamá me sugieren. Ah, a mi mamá también le gustó mi Primavera en Rojo, así se llama mi poema.

## Talismán

Lunes<br>de regreso<br>a la realidad

Comienzo esta semana sintiéndome mejor y volviéndome a sentir yo; no otra, yo. Me regalé de cumpleaños un viaje a México aprovechando el fin de semana largo. El aire mexicano y el sol familiar me sentaron bien.

Necesitaba descansar del matrimonio, del perro y del puente de arcoíris. Te llevé conmigo, diario, pero solo como talismán. Eso eres, un talismán. Incluso si no escribo aquí lo que siento, lo que me preocupa, lo que me duele, saber que existe la posibilidad de hacerlo, me alivia. Claro, es mejor escribir, siempre va a ser mejor escribir.

Aunque no escribo todo, lo admito. Hay cosas que escribo a medias. Cosas que no escribo tal cual. Cosas que no escribo y punto.

A Nadya solo la pude ver un par de horas; tuvimos que llevar a cabo lo que llamamos charla de ajedrez, es decir cada una un turno para un tema y darle click al reloj cuando le toca a la otra.

Al despedirnos, me dio uno de sus famosos abrazos incómodamente largos, como ella los llama, y se fue. Dos minutos después, regresó:

—Casi lo olvidaba, esta autora te va a gustar.

—A ver…

—Es tu regalo de cumpleaños retrasado.

—¡Un diario!

—De una escritora en tu idioma.

Quiero cerrar este diario y ponerme a leer el de ella, pero debo preparar mis clases para la semana.

## No puedes escribir de ti sin hablar de mí

Miércoles
antes de irme
a la biblioteca

Ken me vio con mi ejemplar de *Ariel* de Sylvia Plath durante el desayuno y se burló de mí.

—Daddy, daddy, you bastard —recitó con voz chillona y moviendo sus muñecas frente a los ojos en un tonto gesto de llorar—. ¿Por qué lees a ESA ESCRITORA? [Nota tipográfica: estoy segura que lo dijo en versalitas demostrativas].

Luego se fue directo a uno de sus libreros y puso en mis manos un ejemplar.

—***Este es un Gran Escritor*** [Lo dijo en cursivas, negritas, subrayado y con versalitas a falta de luces y efectos de sonido].

La portada me mostraba a un Ted Hugues de unos sesenta años, canoso, de perfil, su cabello a lo James Dean; una sortija matrimonial brillando entre sus dedos. Los poemas completos de Ted Hughes pesaban. Dejé el libro en la mesa. Gran Escritor a secas, sin subrayado [sin negritas, ni cursivas o fuente de veinte puntos], comenzó a recitar "The thought fox":

I imagine this midnight moment's forest:
Something else is alive
Beside the clock's loneliness
And this blank page where my fingers move.

"Where my fingers move", repetí entre dientes.

Le recordé a Gran Escritor que los dedos de Hugues recorrieron a otras mujeres aparte de su esposa, mientras estaba casado, le recordé que Gran Poeta llevaba una doble vida a costa de su familia.

—A ti no te importó la mía.

—No te entiendo.

—¿O no me quieres entender? Si quieres que sigamos jugando a que yo no llevaba una doble vida contigo y que no dejé una vida familiar por ti, podemos seguir haciéndolo, no hay problema.

—Yo…

—Pero si quieres que sigamos hablando de Plath y Hughes, lo hacemos. A ver, ¿qué es lo que le molesta a la señorita? Me va usted a decir que es como esas feministas que creen que él la mató o que la Plath se suicidó porque su esposo le fue infiel. No, Barbie… ella se suicidó porque tenía pedos mentales y ya. Gracias a él, la obra de la Plath le dio la vuelta al mundo.

—Pero la editó como le dio la gana y selló sus diarios.

—¿Ves como sí quieres evitar el otro tema?

—No es eso es que… Oye, si me muero, no te atrevas a sellar el mío.

—¿El tuyo?

—No puedes culparme por dejar a tu familia… yo no te lo pedí.

—¿A qué te refieres con sellar el tuyo?

Ken no sabía que tú existías, Diario. Le expliqué que esta escritura inició como parte de mi terapia. Que voy del cuaderno a la computadora, que no importa dónde, pero que hago el recuento de mis días. Que es diario es investigación es vida es escritura es todo es mío y no es nada.

Hablaba entusiasmada, como si todo fuera una hermosa aventura del lenguaje.

—¿Puedo verlo? —preguntó. Nop ude explicarle que era parte de la terapia a la que él me había enviado.

—Pero no leerlo.

—¿Estás escribiendo de mí?

—No, estoy escribiendo de mí.

—Pero no puedes escribir de ti sin hablar de mí.

—… [En silencio, metí computadora, libros y cuadernos a la mochila y me dirigí a la puerta].

—Te estoy hablando —fue lo último que oí antes de irme.

Tengo dos horas en la biblioteca. Escribiendo de mí, sin él.

## Golpe de teclas

Jueves<br>en cama<br>él lee<br>yo escribo

Tuvo el gran gesto de no decir nada de la discusión de la mañana.
Me mira mientras tecleo, pero me mira distinto.
Supongo que todo este tiempo él pensaba que yo estaba escribiendo
un gran poema y no un diario.

Me sonríe sin ganas.
Yo solo le sostengo la mirada un segundo
y vuelvo al teclado.

Tecleo despacio y luego
golpeo las teclas con fuerza
con mucha fuerza.

Golpeo con
rapidez para que crea
que sigo enojada
o

que
escribo
de
él.

¿Cómo dice esa línea de Lady Lazarus?

O my enemy.
Do I terrify?—

Te doy miedo cuando y porque tecleo
¿verdad,
verdad,
**verdad**?

En realidad, no hago más que llenar la página con palabras que no dicen nada, palabras para distraerme de lo que nunca me he atrevido a admitir y mucho menos a escribir: yo siempre supe que la suya era una doble vida y me gustaba. Era ideal, recibía lo que quería y no me comprometía. Pero una siempre quiere o cree que quiere más.

## Escribir sin él

Viernes

Fui a mi terapia dispuesta a tener otro progreso significativo. Terminé contándole cómo Sylvia Plath estaba afectando mi relación. La terapeuta, que siempre trata de llevarme al yo, esta vez me dejó en ese camino.

—¿Hay alguna otra cosa que te llame la atención de esta autora?

—Su entrega a la escritura. Siempre habla de escribir y, cuando no lo hace, cuando habla de su día a día, su escritura es escritura y al mismo tiempo una lección sobre cómo escribir. No sé si me explico.

—Te motiva a escribir.

—Creo que sí.

—Cuéntame más.

—En su diario dice: Nunca escribes exactamente como quisieras. Primero me pareció terrible, pero al pensarlo más me pareció muy bello, esperanzador incluso.

—¿Viste entonces por qué es importante que continúes con el diario? No es solo un espacio de catarsis como lo veías al principio, sino…

—Un lugar de autoreconocimiento, de reflexión, de construcción… Pero.

—¿Pero?

—También me da miedo seguir leyendo su diario. Su poesía no, solo su diario. Hay pasajes muy oscuros.

—Bueno, hay que pensar en la compleji…

—De mucha desesperanza, duda, dolor. Y al mismo tiempo autoexigencia. Me he descubierto saltándome páginas.

—Estás despertando un sentido de autoprotección. Tú misma sabes que leer eso puede inquietarte.

—Supongo.

—Dime, ¿cómo van las cosas en casa?

—De momento, mal. Descubrió que hago un diario y está enojado. Le molesta la idea de ser un personaje.

—¿Y qué pienas?

—Que podría vivir sin él.

—…

—Escribir sin él.

—…

—No escribir de él. Ya sé, ya sé, ¿qué diría Freud?

—No dije nada.

—¿Se vale que las terapeutas se rían?

—Si es algo gracioso, sí. ¿Te acuerdas de esa frase, de no ser esposa, cómo era?

—No me gusta ser esposa.

—¿Cómo te sientes al decirla ahora?

—Mmhh. Creo que hay días en que no me gusta ser *solo* esposa.

Diario,

La maestra de español nos quiere preparar para el concurso de poesía coral del distrito. Ya nos hemos presentado antes, pero solo para eventos pequeños en la escuela. Me gusta mucho la idea, aunque me cuesta memorizarme las cosas. Y ya estaba emocionada por la idea de concursar, entonces me llamó aparte y me dijo que quería que yo fuera la voz central. Ya lo hice una vez cuando presentamos ese poema de García Lorca, pero esta vez, esta vez es para un c o n c u r s o.

Qué manera de cerrar primero de secundaria, ¿no?

## Las diaristas hispanoamericanas

Lunes
de mañana a tarde

Esta mañana le dije a Victoria, mientras tomábamos un café, que me rendía y no iba a continuar con los diarios. Que leer a Sylvia Plath me estaba removiendo muchas cosas; temía que se molestara pues ya estaba planeando que viajáramos con su amiga Janet, la Plathspecialist a Massachussets, pero entendió.

Cuando nos despedimos le mostré el diario que me regaló Nadya, lo miró con atención y dijo:

—Idea Vilariño, ¿no era poeta?

—Y diarista, fíjate.

—¿De dónde salió?

—Es un regalo de mi mejor amiga en México.

—Brutal, la portada, ¡eh!

Y la joven Idea me miró: sus ojos, su sonrisa parecían invitarme a ir detrás de ella. De ellas. Lo entendí entonces: lo que yo ***<u>necesitaba</u>*** [sí, con negritas, cursivas y subrayado] era leer a Idea y leer a otras diaristas hispanoamericanas. No podía rendirme. Tal vez Sylvia no es para mí en este momento, pero tal vez hay otra mujer, diarista, escritora, que sí. Todo eso lo dije en voz alta, yo no sé en qué orden, pero Victoria hizo notas en su libreta y me dijo que volviera por la tarde.

Y hela aquí. La lista incluye a autoras que no conocía como diaristas y a otras que no conocía para nada. Dice Victoria que algunos diarios son difíciles de conseguir, pero no imposibles.

—La red y el sistema interbibliotecario nos resuelven casi todo.

—Y si no, there is always piracy.

—Kim, no! You crazy?

Victoria miraba a todos lados, como asegurándose de que ningún infiltrado del FBI en la biblioteca las hubiera escuchado.

—Women help women —dijo Kim sonriendo.

| Nombre | Notas |
|---|---|
| 1. Teresa de Ávila | (1515-1582) *Libro de la Vida.* No es diario ni autobiografía, es un poco de ambos más una dosis de guía espiritual. “Una vez, estando en oración, sentí tan profundamente el amor de Dios, que me pareció que me quemaba por dentro…” |

| | |
|---|---|
| 2. Soledad Acosta | (1833-1913) Colombia. *Diario íntimo.* Antes de ser corresponsal en París y luego en Lima, antes de que su vida diera tres giros, su vida estaba en un diario. "He mejorado mucho desde que empecé a escribir lo que pienso. Así no solamente se aprende a escribir con claridad y precisión, sino que pensando mucho se encuentran en el fondo de nuestra mente ideas que, aunque estaban allí, no se sabía que existían..." |
| 3. Teresa Wilms Montt | (1893-1921) Chile. *Diarios íntimos.* Le puso "candados" a su primer diario: 1) lo escribió en francés, 2) en segunda persona y 3) en pasado. "Teresa era una niña extraña, tanto física como moralmente." |
| 4. Zenobia Camprubí | (1897-1956) España. *Diario de Juventud.* Escrito sin mucho afán, como si se estuviera guardando la energía para, años después, escribir y traducir hasta el cansancio. "...el objeto de este libro simplemente es hacer que me dé cuenta de las pocas cosas útiles que hago durante el día." |

| | |
|---|---|
| 5. Antonieta Rivas Mercado | (1900-1931) México. *Diario de Burdeos.* El único de sus diarios que se conserva. Dicen que Vasconcelos arrancó las últimas páginas. "Hace años que, a sabiendas, los diversos diarios comenzados retenían el móvil hondo, inconfeso. Y no que lo que tuviera que decir fuera inconfesable, sino que pesaba el temor de que alguien, y ese alguien era mi marido..." |
| 6. Idea Vilariño | (1920-2009) Uruguay. *Diario de juventud.* La poeta escribió su diario íntimo toda su vida, hay diecisiete libretas de su vida entre los dieciséis y los veinticinco años. "Creo que empecé a escribir mis días a los once, doce años; posiblemente mis cosas de amor y poco más". |
| 7. Alejandra Pizarnik | (1936-1972) Argentina. *Diarios.* La que dijo: "Mi vida real no existe: es literatura". ¿Qué hubiera pasado si Plath y Pizarnik hubieran estado en una residencia de escritoras? |

| 8. María Luisa Puga | (1944-2004) México. *El diario del dolor* podría ser un clásico entre las escritoras mexicanas. Una novela en forma de diario. ¿O un diario en forma de novela? Puga llevó diarios toda su vida y tiene otro, ¿libro memoir diario?, del que nadie habla y dificilísimo de encontrar: *De cuerpo entero.* Es sobre las habitaciones en las que vivió con su hermana o sola desde niña hasta su juventud. |
|---|---|

Entiendo la inclusión de Teresa de Ávila, aunque creo que no voy a incluirla en mi "proyecto". Pizarnik y Rivas Mercado claro que deben estar. Puga [Nota culposa: ¿Cómo pudo faltar Puga en mi lista?]. Le mandé un mensaje de texto a Victoria para preguntarle si imaginaba a Rosario Castellanos haciendo diario; sí, ya pasamos a ese nivel de amistad.

Mira, yo creo que sí.

En la universidad iba a hacer
mi tesis sobre ella, pero mi director
me encaminó hacia otro lado.

Fokin hombres, right?

Fokin yo por hacerle caso.

No sabemos mejor.

Victoria hizo una traducción muy literal de: We don't know better. Pudo decir: No sabemos lo que es mejor para nosotras, o algo así. Pero a veces sí es tal cual: no sabemos mejor.

Garro sí llevó diario,
pero mi amiga dice
que la edición es muy extraña.

Pues cómo no iba a serlo,
with that husband!
Una buena esposa, eso le
faltó.

Victoria, eso
también es
MUY sexista.

Oh, well!
Ellos lo hacen todo el tiempo.

## Otras vidas

Martes
seis
am

Le quedan pocas semanas al semestre y yo no doy clases en verano. [Nota económica: Ese lujo está reservado para los profesores de planta que además de su salario anual pueden recibir un salario extra por dar curso de verano]. Mi verano sin salario propio, y dependiente del ajeno, lo aprovecharé para leer estos diarios y llenarme de otras vidas mientras escribo la mía.

To: mrivas@uoc.edu
From: vsantiago@uoc.edu
Subject: Otra diarista

Querida,

Di con una diarista más: Margarita Gil Roësset. Te cuento cómo. Resulta que descubrí que Zenobia Camprubí nació en Puerto Rico y no en España, pedazos de estúpidos, ¿cómo pueden confundir islas? De Camprubí llegué a Margarita Gil Roësset, una joven escultora que se enamoró bien duro de Juan Ramón Jiménez, esposo de Zenobia, mientras hacía los bustos de ambos. Me brinco varios detalles o este email va a quedar como novela del boom, el diario de la chica terminó en manos de Juan Ramón... ¿cuándo? Cuando ella se suicidó por él!!!!!!

Ni me preguntes cómo porque eso no lo quise investigar. Te adjunto aquí una foto de Margarita, ya verás qué cejas de la chachita. Una última cosa: Zenobia sabía que Margarita estaba perdida de amor por JuanRa. Es que las esposas siempre lo saben, sí o no? Aparte es que se lo dijo en una nota escrita a mano:

Este manuscrito me lo dejó la pobre Marga la mañana del día que se mató. Como yo estaba esa mañana abstraído en mi trabajo y creí que lo que me dejaba Marga era algún poema para que yo se lo repasara, no lo miré ese día. Además, ella me dijo: 'No lo leas ahora'.

Mira ya hasta formateé para que lo incluyas tal cual en tu libro, porque todo esto es para un libro, ¿verdad?

| 9. Margarita Gil Roësset | (1908-1932) España. *Diarios* |
|---|---|

## Almacenes de rabia

Primer domingo
de mayo

Entre viernes y sábado me leí lo que encontré de los diarios de Margarita Gil Roësset, y aunque sus páginas no me dejaron como los de Sylvia Plath, sí pude llegar a una conclusión, la más obvia de todas: algunos diarios son almacenes de tristeza.

No se debería almacenar nada, ni tristeza ni rabia, dice la que almacena eso y más aquí.

## Pub

Juebebes
penúltima semana
del semestre

Después de varios días de gruñidos, el personaje secundario de este diario vino con el corazón en la mano y me dijo que me quiere, que lo importante es que escriba. AUNQUE SEA UN DIARIO. No contesté. Me aseguró que era una broma y me convenció de que fuéramos al Pub.

—Te tengo una sorpresa.

Hace mucho que no vamos. Solíamos hacerlo sin falta todos los jueves. Juebebes, le llamábamos. Eran días de exceso, ninguno de los dos dábamos clase los viernes. Caminábamos al centro, con o sin perro, una cerveza negra tras otra. Papas a la francesa con cantidades desorbitantes de queso derretido. Nos extendíamos hablando de música o de libros, de alumnos o de compañeros de trabajo. Bebíamos largo y tendido. Corrijo: Él bebía largo y tendido. Yo renunciaba pronto.

Nos trajeron agua y hablamos del cansancio de las últimas semanas. Ordenamos un pichel de cerveza y hablamos de las fechas de la ceremonia de graduación. Apenas nos trajeron el aperitivo, me soltó la noticia:

—Se va a abrir un puesto en otra universidad y me voy a presentar.

—¿Qué?

—Ofrecen mejor paga y mejores condiciones. Es mejor ciudad, mejor clima. Mejor todo.

—¿Y yo?

—Eso es lo mejor, puedo negociar que te contraten.

—¿Te das cuenta que estás decidiendo por mí?

—Estoy decidiendo lo mejor para ambos.

Nuestros colegas, el francés y la argentina, entraron al lugar. Nos saludaron. El lugar estaba medio lleno o Ken quería deshacer el nudo de tensión que comenzaba a formarse, no sé. Los invitó a sentarse con nosotros. Ella hizo un elegante gesto para decir: No, gracias, pero él accedió y terminaron sentándose en la mesa [Nota patriarcal: El mío no es el único hombre que decide a cuenta de dos.]

Los hombres comenzaron a hablar en francés; Ken quería desempolvar el suyo, él no quería tener que traducir al español en la mente. Ella y yo solo intercambiamos saludos propios y nuestra conversación se desarrolló en miradas que decían:

~ Disculpa por interrumpir.

~ No, disculpa tú.

~ La verdad es que yo no quería venir.

~ Yo tampoco.

~ Prefiero guardar silencio y sonreírte.

~ A mí sí me gustaría platicar, pero creo que te caigo mal.

~ Me das igual, la verdad, aparte lees libros cursis.

Los hombres volvieron al español, intentaron incluirnos en su conversación, pero solo recibieron monosílabos y oraciones sin chiste. Cuando el mesero vino a tomar la orden, ella le susurró algo a su esposo y él nos dijo:

—No estamos interrumpiendo, ¿o sí?

~ Sí, y mucho. [Nota de absoluta honestidad: Era lo que yo quería decir.]

—Por supuesto que no.

~ Que sí. [Nota de rudeza total: El inicio de una gran discusión, por otra estupidez de este tipo que se llama mi marido, eso interrumpieron].

Los tarros de cerveza se multiplicaron como obra de Jesucristo. Nosotras entibiamos el mismo tarro con las manos. Ella hacía lo posible por demostrar que no estaba incómoda y que prefería cualquier cosa menos cerveza, yo hacía lo posible por demostrar que también estaba incómoda, aunque a mí sí me gustaba la cerveza.

Nunca la había visto tan de cerca, era hermosa: unos mechones blancos reinaban su frente, su cabello era largo y ondulado. Lentes vintage, una pashmina al cuello, un saco tipo safari. El uniforme de toda académica ¿Qué edad tendrá, cincuenta, cincuenta y cinco años? ¿Y qué hará con este pendejete de cuarenta con cerebro de catorce? Una mujer así merece alguien mejor. ¿Dirá eso de Gran Escritor? ¿Debo comprarme una pashmina?

El francés pidió dos tequilas. El mexicano se aseguró que fuera algo más o menos bueno:

—Herradura, please.

Y esta vez sí abrí la boca.

—Estoy cansada.

—Cariño, yo también.

Un pequeño rasgo de solidaridad femenina. No sé qué nos hizo pensar que eso los haría pedir la cuenta. O decir: La última y nos vamos. En vez de eso dijeron:

—Estas mujeres.

—No aguantan nada.

~ Aguantamos todo eso y más. [Nota de sororidad: Fue lo que dijimos sin decir al mismo tiempo].

Como no quedaba de otra, ella y yo hablamos dos de las tres cosas que teníamos en común: libros y trabajo, porque maridos narcisistas no es tema de sobremesa.

## En casa

Mismo jueves

Camino a casa discutimos. Primero en voz normal, luego el volumen fue incrementando.

—No te pongas así.

—Me gusta vivir aquí.

—Pero antes decías que no.

—Antes.

—Antes de que tuvieras amigas lesbianas, ¿supongo?

—¿Qué estás…?

—Tal vez por eso de pronto te gusta vivir aquí. Tus amigas despertaron algo en ti, ayer no dejabas de mirar a la mujer de…

La discusión se extendió hasta las dos de la mañana.

La discusión<br>
  se<br>
    extendió<br>
      hasta las cuatro<br>
        de la mañana.

La discusión

se

extendió

tanto,

que no dormí.

Querido Diario,

Ganamos el segundo lugar. Nos puso tristes pero la verdad sí lo entendemos, los que ganaron lo hicieron muy muy bien. De premio nos dieron un libro de poemas, Antología de Poetas Mexicanos, se llama. Lo voy a leer todo el verano.

## Dejarme

Viernes de terapia

—Entonces, esto no tiene que ver con la posibilidad de irse o no a otra ciudad, sino con…

—Lo que estaba insinuando sobre mí y que solicitar otro empleo no era algo para discutir juntos, sino algo ya decidido.

—Y sientes que decidió por ti.

—Siento que siempre ha decidido por mí y eso no me hace feliz.

—¿Qué te hace feliz?

—Eso definitivamente no.

—…

—O sea, no lo puedo contestar ahora, porque estoy enojada.

—Con él.

—También conmigo.

—Ya hemos hablado de eso. Eres muy dura contigo.

—Es que estoy enojada por dejarme vencer tan fácil. O por dejarme convencer… envolver, por dejarme… Eso, por dejarme.

—¿Dejarte qué?

—DejarME, dejarme a mí atrás, en el camino, dada por hecho. Me haría feliz tomar las riendas, hacer y decidir por mí, todo.

—¿Has pensado en decírselo?

## Del silencio a la cerveza

Sábado

Desde la charla del empleo nuestras interacciones se ceñían a cosas como:

—¿Hay café?

—Abu no quiere salir a caminar.

—¿Le diste su medicina?

Hasta que hoy por la tarde, sin rodeos, le dije:

—Es natural que me sienta molesta, tomaste una decisión que nos afecta a los dos. Finalmente me estoy acostumbrando y echando raíz en este lugar y estás pensando ya en un cambio.

—Entiendo, pero… es lo natural. En la evaluación del quinto año lo usual es enviar tu portafolio a otras universidades. yo vi este puesto, vi casi casi mi nombre en este puesto y pensé que te gustaría la idea.

—Pudiste decirme, "¿Qué te parece si…?" en vez de: "Voy a…". ¿Te das cuenta de la diferencia?

Me entendió. Se disculpó. Hablamos del tema con honestidad. Tocamos ese otro que habíamos barrido bajo la alfombra. Dimos un paso enorme. Mi piel se siente feliz.

—Te quiero, Flaca

—Yo más.

—¿Al pub?
—Al pub.

El cuerpo de una mujer es doloroso y complicado. Tengo poliquistosis ovárica, es decir, un chingo de quistes pequeñitos me habitan y me lastiman y me provocan sangre y dolor y rabia. No se pueden operar. Lo que resta es tratar de disolverlos con un medicamento que mi mamá no quiere que tome o dejar que "la naturaleza lleve su curso".

Y mientras aquí yo polihabitada en los ovarios. Sangrando y sangrando y sangrando.

Entre frase y frase ahogos espanto

Domingo
el sol
lucha por salir

Sangro un poco. Lo peor es el dolor en el cuerpo. Y no saber cómo explicarlo. No tengo palabras. Lo bueno es que Vilariño, sí:

*23 marzo?*
[Palabras testadas]

de noche, enferma mi amor
me ahogo, me muero, ayúdame
me ahogo

Las cuatro de la mañana.
Mi corazón no resiste
tan abandonada.

Me agota la cabeza el pecho este cuerpo que acaricias dulcemente, anonadado, sacudido. Entre frase y frase ahogos espanto. No entra aire a mis pulmones querido me ahogo.

*Diarios de juventud*. Idea Vilariño. Ed. Ana Inés Larre Borges y Alicia Torres. Cal y Canto, Uruguay, 2013.

## Las alumnas hablan y yo escucho

Martes

Seguro no es nada. Seguro estoy sobrevalorando lo que escuché. Seguro no tengo nada de qué preocuparme. Pero entonces, ¿por qué no puedo dejar de pensar en ello? No dijeron nombres, pero dijeron *el* proféssor.

Sé que debí salir del baño en el que estaba, sonreír, hacerme la que no entendía nada o la que creía que estaban hablando de un problema cualquiera, lavarme las manos e irme a clase. No lo hice. Me quedé ahí, escuchando. Eran alumnas de nuestro departamento. Dijeron el proféssor. Clarito escuché el artículo *el*. Clarito sentí la doble *ese* y ese acento de su pronunciación en inglés. Solo alumnas nuestras construirían una frase así.

—El proféssor offered her more feedback to her paper if…

—Don't tell me.

—Yup, if she went out with him.

—I had heard that about el proféssor.

—What a creep!

—Then, in the congreso de literatura…

Las frases comenzaron a quedarse a medias; como palabras sueltas que no podía unir a pesar de tener aguja e hilo.

Para cuando llegué a mi salón a dar la última clase del semestre, llegué sin hilo.

## ¿Me estás escuchando, Barbie?

Martes<br>en la noche

Me pregunta cómo estoy. Me lo vuelve a preguntar. Me besa la frente. Me besa la cabeza. Me besa la nariz. Me dice que me ama. Que podemos hablar si quiero. Saca la maleta del clóset y mientras la prepara para su siguiente viaje me dice que investigue esa universidad y la ciudad. Le hago rollito cuatro pares de calcetines. Que me van a gustar. Le doblo cuatro camisetas y las plancho bien con las manos. Que no tenemos nada que perder. Tres jeans doblados en dos. Que si no le dan el puesto, no pasa nada, nos quedamos aquí. Finjo una sonrisa mientras le guardo el cepillo de dientes y la pasta. Que, incluso si nos quedamos, ¿por qué no compramos una casa? Que ya estuvo bueno de rentar. Finjo que le doy la razón mientras le busco un rastrillo. Me imagino una de esas casas pequeñas cerca del parque, las de porche y bancas de columpio. Le paso su desodorante y su loción. Que pase lo que pase, acá o allá, lo importante es estar juntos. Sí me ama, pienso. Enrolla su cinturón y me pide que meta sus tenis en una bolsa Ziploc. Que donde esté él, estoy yo. Donde trabaje él, trabajo yo. Me recuerda que esta vez sí empaque cotonetes, uno para cada día del viaje. Que en uno u otro lado podemos comenzar nuestra familia. Noto una grieta en la pared del baño. Un bebé, nos falta un bebé. Por ver la grieta me distraigo y se me caen los cotonetes al piso. ¿Te imaginas qué hermoso bebé nos saldría, amor? Los cotonetes son como la comida, si tocan el piso ya no se pueden usar, hay que tirarlos y comprar más. Niño o niña, no importa. Siento una punzada en el ovario izquierdo, ¿tengo tampones? Familia, Barbie, es momento de hacer nuestra familia. Debería comprar yeso, para tapar esa grieta. ¿Me estás escuchando, Barbie?

No lo escucho. Estoy buscando un par de zapatos, mi cartera, las llaves y la correa del perro.

—¿A dónde vas?

—A la farmacia, hacen falta cotonetes y tampones. ¿Dónde puedo comprar yeso?

## El Proféssor

Miércoles

Fui a la oficina por mis exámenes finales. Salí con copias y una duda clavada para el resto de la semana. Mari, que suele ser más o menos prudente, me preguntó si había escuchado los rumours.

—¿Qué rumores?

—Que un professor tuvo comportamiento nadecuado con una student.

—I-nadecuado. [Si nunca la corrijo, ¿por qué la corregí esta vez?].

—Eso dije.

—¿Sabes quién es?

—Puede ser cualquiera.

Entre nosotras se hizo un silencio incómodo. Lo rompimos con sonidos; ella de su compu y yo de la fotocopiadora. Entonces el momento se volvió inquietante. Puse agua en la tetera. Mari se puso a tararear una canción, yo a teclear algo en la computadora y así orquestamos el sonido que nuestras cabezas necesitaban para borrar estas palabras: Puede ser cualquiera.

## Quiéreme y quiérete

Miércoles
en la noche

Llamé a Gran Escritor. Me pidió que le marcara después o, mejor, que habláramos cuando llegara a casa, seguía en el evento. Clarito oí voces, oí risas, oí los clink clank de las copas de los vasos de las botellas, mientras yo todo lo que quiero es llorar.

Abu respira agitado. Abu me mira triste. Sé que debo llamar a la veterinaria, tomar las llaves del auto y llevar a Abu, pero no puedo. La veterinaria me va a decir no hay nada qué hacer, que es hora de despedirse y dejarlo cruzar el arcoíris, estúpido eufemismo colorido para decirte que tu perro, el que siempre está contigo, tu compañero invisible y que hasta para ladrar es elegante, ese del que no escribes, se va a morir.

Me acomodo a su lado. Si pudiera dibujar su cara aquí, lo haría. Pero como no puedo, escribo. Escribo esto, escribo que este perro que yo no quería ha sido mi gran compañero en esta casa, en este pueblo, en este país. Te escribo a ti, Abu, te escribo porque te quiero, te escribo y lamento no haberte escrito más aquí, lamento no haber hecho un registro puntual de todas las cosas que eres y haces. De cómo, cuando no puedo dejar la cama, te sientas frente a mí y me sostienes la mirada y sé que me estás diciendo, párate, humana, llévame a caminar, dame de comer, acércate a mí, quiérete y quiéreme.

## Abu

Miércoles 8:20 pm

Abu se va.

9:30 pm.

Abu se está yendo.

10:45 pm.

Se fue.

## Arias

Jueves

Después de dejar el cuerpo de Abu en la veterinaria para que lo cremaran, fui a la universidad a poner mis exámenes, caminé, saludé, interactué como en automático. Al volver a casa, dormí por horas. Le mandé un mensaje de texto a Ken para que supiera que Abu había muerto, que contestó con emojis tristes. Tengo ganas de hacerle un funeral a mi perro con Arias y todo. Tengo ganas de escribirle un poema, siento que no le hice justicia ni en mi vida ni en mi diario.

Cuando murió mi papá, hubo una ceremonia. Tampoco a mi papá le hice justicia. Su mujer, Sofía La Soprano, quería que Lila fuera *su* pianista Mi hermana no quería y mi mamá, cosa rara, le insistió que lo hiciera.

—Es lo que hubiera querido tu papá.

—Sofía La Soprano quiere cantar la Oración de Desdémona, del *Otelo*, de V E R D I.

Asumo que mi cara y la de mi mamá era de: No entendemos nada porque mi hermana nos gritó:

—Papá **jamás** hubiera querido Verdi en su funeral, sino Bach. B A C H.

—…

—No me sorprende, lo hace para lucirse, para poner sus manitas así alzadas hacia el cielo en divina oración, el pañuelo entre sus dedos largos como de alien.

No sé cómo, pero Lila logró zafarse de acompañar a la soprano, pero no de tocar. Sofía La Soprano le encargo que tocara el "Ave María" de Bach. Mi hermana, unos minutos antes de levantarse, me dijo:

—Voy a tocar el "Aria" de Bach en las *Variaciones de Goldberg*. Ese que nos ponía papá. Lo vas a reconocer.

Mi hermana y yo probablemente no entendíamos mucho de la muerte, pero ella entendía de música y yo de… bueno, tal vez yo no entendía de nada, pero entendía a mi hermana. Mi papá está en mi diario de niña, pero no en mi presente. Nunca hablo de él. Cuando se fue, trató de mantenerse en nuestras vidas. Papá de sábados. Papá de cumpleaños un día después del cumpleaños. No sabía qué hacer con nosotras. Bueno, conmigo, porque con mi hermana hablaba de Bach. Hasta que llegó otra niña, Sofía la Soprano.

Si no había llorado por la muerte de mi papá hasta entonces, lo hago ahora. Escucho y veo a Lila tocar el piano, todos los recuerdos de esa infancia, cuando éramos cuatro en la familia, volvieron de golpe. Abu camina alrededor de mí y con el hocico me pide que lo saque a caminar. Mi papá me mira, observa mi casa, me pregunta con quién vivo y yo no puedo contestarle.

Ya sé lo que estás pensando, diario, que yo también fui una jovencita que se fue con un hombre mayor. Y casado. Pero no es igual. No, no es igual. No es igual. No.

## Situación personal

Viernes
de
terapia

Busqué a mi terapeuta para pedirle una sesión extra. Me dijo que no podía y, además, que debía cancelar la sesión que ya teníamos agendada, pues iba a irse de viaje: Una situación personal que le tomará varios días, explicó.

Las terapeutas también tienen vida y situaciones personales.

¿Y ahora qué hago yo con la mía mientras ella resuelve la suya?

Mi situación personal es que Abu murió. Mi situación personal es que mi papá nos dejó y luego se murió. Mi situación personal es ese rumor y esta duda enorme. O tal vez mi situación personal es que hace unos días creía que mi vida tenía grietas, y en realidad la grieta soy yo.

No fui a la tardeada de la escuela. Porque sangro, sangro y sangro. Tres de mis amigas, Ana, Rosi y Carmen, vinieron a verme temprano, trataron de convencerme de ir. "Vístete de negro" "Ponte dos toallas al mismo tiempo" "Nadie lo va a notar". Bien lindas. Pero de veras no me siento con energía, solo quiero estar en la cama con el cojín eléctrico en la panza leyendo por tercera vez el libro de poesía que la maestra me prestó.

## Dos bibliotecarias y una diarista en un café

Sábado

Sabía que estarían ahí. Me lo habían dicho, los sábados por la mañana los pasaban en The Percolator. Ahí estaban, una leía, la otra resolvía un crucigrama. Me recibieron con abrazos y el menú de bebidas, pero mi cara, mi indecisión, o ambas, las obligó a ordenar por mí un coconut cream mokapucchino con crema batida mediano porque era lo que yo necesitaba.

—Se murió Abu.

Victoria me acarició la espalda y Kim me dijo: I am so sorry for your loss. Apenas terminó su oración, me rompí. Seguro ellas pensaban que lloraba por Abu y sí, al principio sí, pero luego lloré porque a Ken seguro le van a dar el empleo, por los rumores, por este temor extendido sobre mi piel, porque el techo se está cayendo, las paredes se vienen abajo y ya no sé cómo sostenerme.

Sentí ganas de platicarles todo, mi confidencia estaría en buenas manos. Pero me venció el temor. Me vencí yo, pues.

# El Premio gordo

Lunes gordo

Gran Escritor está feliz. Le han dado un premio en México. Un Gran Premio para un Gran Escritor por su Gran Trayectoria.

—Un premio gordo, Flaca. Un premio a mi altura.

—...

Todavía me siento un poco rara con él, pero me da alegría, por supuesto. Tengo años viéndolo trabajar. Lo que lee y lo que enseña es alrededor de su escritura. Los viajes y los eventos, también. Siempre tiene referencias de un libro u otro. Es un natural born story-teller. Además, ha tenido que sacrificar tantas cosas para llegar a donde está. De pronto mis dilemas se sienten absurdos y mis dudas son estúpidas. Este hombre le dedica su vida al oficio, no perdería el tiempo en otra cosa. Me siento orgullosa, se lo digo, se lo repito.

—Y con el premio en vez de irnos dos semanas a la playa, nos vamos a California todo el verano.

—¿California?

—Y así finalmente conoces a Susan.

Cuando todo empezó entre nosotros, Susan, su hija, era pequeña, ahora es una adolescente y quizás esté más abierta o más lista. Gran Escritor pareció dudar sobre su propuesta.

—Oye, pero tengo que escribir un discurso y debo calificar.

—Ya sé, yo también tengo mucho trabajo, ni me lo recuerdes.

—Favor, Barbie, ¿qué tal que lo hago a mano, en el avión, y me lo tecleas? ¿O te dicto? Así más rápido.

Diario,

Parece que a papá solo le gusta llevarnos a comer fuera cuando nos va a dar noticias que sabe que nos van a caer como bomba. Cuando llamó para invitarnos, Lila dijo, "Te apuesto que Sofía está embarazada y que vamos a tener un estúpido hermanito". Me dio no sé qué pensarlo.

Pero no.

La noticia era que él y Sofía se iban a vivir a la Ciudad de México. "Vuelvo a casa" dijo papá porque él nació allá. Sofía nos dijo que podíamos visitarlos cuando quisiéramos, que podíamos pasar el verano entero con ellos: "hay salas de conciertos, muchos cines, teatros, está el bosque, tantos parques..."

"Felicidades" dijo Lila.
"Felicidades" repetí yo.

Lila tiene razón, al menos ya no andaremos de aquí para allá cada semana.

## Maleta gorda

Miércoles

Frente a mí había una pila de exámenes. [Nota innovadora: Una app que escanee exámenes para que se califiquen solos]. En lugar de trabajar, podría aprovechar las dos semanas libres antes del curso de verano. Ah, sí, diario, como Gran Profesor va a estar viajando por lo de su premio, me dejaron su curso de verano.

—Flaca estás muy ocupada me preparas la maleta plis.

—… [Nota intuitiva y gramatical: Hay personas que hablan así, sin puntuación, sin signos de interrogación y, de paso, te dan por hecho, justo cuando comenzabas a creer que no y que las cosas comenzaban a mejorar].

—Estoy calificando.

—Oye, esta vez pon los otros tenis, los de correr, ahora sí quiero usar el gym del hotel o correr por la ciudad

—Te digo que estoy ocupada.

—No te quita ni un minutito.

Hacer una maleta sí tomaba más de un minutito, pero ¿qué me quitaba, aparte del tedio de calificar? Nada. Tenía que verse bien, le esperaban entrevistas, fotos, videos, eventos. Pensé que si la premiación era en fin de semana podía alcanzarlo, incluso caer de sorpresa.

—Espera, antes de eso, ¿me imprimes mi boleto? Te lo mando de mi teléfono a tu email.

Mientras el aparato más viejo de esta casa se dignaba a imprimir, busqué información del premio, fecha de entrega...

El premio se lo dieron a él, pero me cayó encima a mí.

Casual que uno de los jurados del premio fue su compañero en la fundación, casual que fue padrino de su boda anterior, casual que es su amigo de toda la vida. Casual que vino a dar una lectura al campus el año pasado. Casual que se dicen compadres.

Casual que no me lo haya dicho.

Los diarios son almacenes de rabia.

Siento la vergüenza que él no siente ahora y que no sentirá cuando le entreguen la placa y el cheque, cuando le aplaudan, cuando lo entrevisten, cuando agreguen a la biografía de sus siguientes libros: Ganador del Premio Prestigio.

La impresora escupió el boleto y la nota del premio. Me preparé para escupirle un reclamo en la cara, cuestionar su ética, acusarlo de lo que alguna vez él había criticado. Estaba lista para hablarle de los rumores, de la noche esa de la que no he podido ni escribir.

Pero del escritorio al pasillo cambié el reclamo por preguntas, le iba a dar el beneficio de la duda. ¿Tal vez no sabía quién era el jurado?

Del pasillo al cuarto, vi la cama vacía de Abu, y releí la nota. Claro que lo sabía. ¿Me diría la verdad? Entonces vi su vuelo. No tenía fecha de regreso. Su plan era volar de México a California, estar con su hija, pasar el verano allá, hasta que mi curso terminara y yo lo alcanzara.

Rompí la nota. No mencioné nada y le hice la maleta. La peor maleta.

Metí camisas que casi no usa y camisas que no le gustan. Ni un traje. Un saco sin botón y uno que ya no le queda bien. No metí cepillo de dientes ni pasta. Tampoco desodorante o talco. Metí los zapatos que le rozan el dedo chiquito y olvidé meterle sus tenis. Metí la pijama de franela. Olvidé lo imprescindible y metí lo innecesario.

En otras palabras, preparé una maleta estúpida, para un hombre estúpido. Un cabrón. Ya sé que no es castigo suficiente y que apenas da razón para sonreír. Mucho menos cuando en el teléfono dice cosas como:

—Sí, compadre, usted encargue lo que quiera, con gusto se lo llevo.

## Me siento extraña

Viernes

En su diario escribir, Idea Vilariño observa y encuentra en el mundo que le rodea maneras de explicarse quién es y qué siente. Nunca de manera directa, hay que leer entre líneas, hay que dejarse llevar por sus paseos de palabras. En una entrada del 29 de Noviembre de 1941 escribió:

> Esta tarde, sola por el camino, llegué a uno de esos sitios bajos desde donde no se ve la casa, solo campo, campo, árboles y horizonte. Pensaba: Esto no es un escenario. La Tierra es así. La Tierra. Hemos brotado de ella como los pastos. Somos ella. Escuché un momento las voces innumerables del atardecer. La vida. Son la vida. Somos la vida. La vida, así abarcando todo lo vivo, la vida repartida en tantos cuerpos, seres. Pero no he salido de mí pese a que me siento extraña. No me siento nadie en especial pero me molesto bastante.

En otra entrada del martes 27 de abril de 1943 Idea escribe de sí misma, pero bien podría estar escribiendo una escena de mi vida a inicios de este año o de este mes. Ahora. Ahora.

Lloro a menudo. Me quedo pensando por qué lloro tan a menudo. Valoro lo que tengo. Pero todo lo que quise y lo que no quise. Tan indudable. Sé que no era esto. Pienso en todo lo que no es.

Tal vez no lo escriba aquí, pero yo también lloro a menudo. A veces me pregunto por qué y, honestamente, a veces ni me lo pregunto. Llorar es llorar. Debería valorar lo que tengo, pero ¿qué tengo? Nada propio.

Me enojo porque a él le regalan premios, pero a mí me regalaron este empleo y esta vida y de todos modos me siento extraña en ella.

## Escribir para descubrir

Primer semana
de Junio y
segundo día
del curso
de verano

Bueno, pues me dejaron la clase de Gran Escritor, ese del Premio Gordo. Quiero estar enojada, pero es de escritura creativa. Pasé las últimas semanas inventando, practiqué algunos ejercicios con Kim [Nota literaria: Proponerle ser la ghostwriter de sus memorias.]

Usé la sesión anterior para comenzar a conocerles haciéndoles escribir sobre la casa en que crecieron y los objetos en su dormitorio actual. Y escuchándoles, claro.

—Como ya les expliqué, al inicio de todas las clases les voy a dar una pauta, o ustedes van a proponer una pauta, y vamos a escribir por cinco minutos.

Me miraron muy serios. Anotaron en sus cuadernos y vi cómo alguno tecleó en su computadora: Escribir cinco minutos.

—Se trata de no pensar, solo hacer, solo escribir.

Algunos levantaron la mano.

—¿Cuántos caracteres? ¿Un texto narrativo o en forma poética?

—¿Vamos a escribir a mano o en computadora?

—Después de leerlo en voz alta, ¿lo tenemos que entregar o nos va a dar un día para revisarlo?

Les dije que no lo tenían que leer en voz alta ni entregarlo si no querían. Me miraron más extrañados y se miraron entre ellos. Les expliqué que a mí lo que me interesaba era aprender de sus procesos, que en lugar de leer me iban a platicar qué descubrieron al escribir, qué habían sentido. Escribir para descubrir, había dicho alguien.

Entonces Deborah-Debbie levantó la mano. [Nota curiosa: ¿Por qué decidió tomar esta clase ¡conmigo!?]

—Pero si no lo leemos y no lo entregamos, ¿cómo vamos a saber si lo hicimos bien?

—... [Nota pedagógica o terapéutica: ¿Qué significa bien? ¿Bien para quién?]

Antes de formular qué decirle a Debbie para recordarnos a las dos que no debemos estar sedientas de validación, me dijo:

—Fue Frost quien dijo: I have never started a poem yet whose end I knew. Writing a poem is discovering.

Debajo de cada una de sus palabras se asomaba un tono de: Yo sé más que tú.

—Gracias, Debbie.

—¿Y si no nos sale como nos dice, son menos puntos?

—Entonces podemos escribir como queramos.

—Y podemos usar diálogos si es necesario.

Los miré y les dije, parafraseando a Sylvia Plath:

—Que salga como salga, escriban como tengan que escribirlo.

Enseguida les di una pauta, un ejercicio sencillísimo que solo requería mirar al interior y escribir.

Diario, tú debes saberlo: qué hermoso es el sonido de las plumas y los lápices sobre el papel. Qué bello el rostro de quien poco a poco va entendiendo hacia dónde va mientras escribe. Qué bello incluso el de quien no sabe y que apretando los labios se obliga a seguir y seguir.

Al principio se sentían tímidos de compartir su experiencia escribiendo, pero, poco a poco, fueron describiendo lo que habían sentido, lo que habían descubierto. Alguno pidió permiso —¡permiso!— de leer en voz alta una frase o dos. Un alumno sugirió:

—Deberíamos aplaudirnos solo por haber escrito.

—Y sin pensar en caracteres.

Aplaudimos, claro.

Debbie, de nuevo, levantó la mano y dijo:

—¿Podemos hacer un ejercicio al final de la clase también?

Le dije que era una buena idea.

## Avances del verano

Ya no odio
los miércoles

Segunda semana de mi curso de verano. Todos estamos disfrutando la clase, menos Debbie. Esta semana, cuando no ha estado distraída, está como de malas y, si no atenúo sus comentarios a los textos de sus compañeros, más de uno habría abandonado la clase ya. Le pedí que viniera a mi oficina.

Almuerzo todos los días en el parque del campus con Kim o con Victoria, según sea el turno de su break. Yo llevo ensalada o pasta, pero termino comiendo probaditas de lo suyo y llevándome extras para la cena.

Las clases y el almuerzo son mi momento más humano durante el día. Después todo es silencio. Debería estar acostumbrada a estar en casa a solas, pero se siente raro. Es posible que lo extrañe. O que solo no esté acostumbrada a estar sola.

Él llama y escribe mensajes de texto desde California que yo solo contesto con monosílabos, emojis o frases hechas.

Y en otra noticia del verano, no he ido a terapia. Primero ella me canceló. Luego yo. Después, al revisar mis notas vi que una de mis tareas era reflexionar sobre qué me hacía feliz, así que le he dicho por teléfono que quiero tomarme un tiempo para resolverlo. Me dijo que sí.

No lo he resuelto, pero he detectado momentos en los que me siento feliz. Eso es un avance

Ahora a darle avance a las diaristas.

## La sala de gimnasia

Jueves

Los rumores se han aquietado, pero igual trato de ir menos a la oficina del departamento de lengua y literatura, o ir de entrada por salida. Por eso hoy salí de ahí con *La mujer nueva* de Carmen Laforet. Me regresé y frente a mí estaba la maestra argentina hojeando el juego de copias que olvidé.

—¿Pero esto es un diario? Mirá, pensé que Puga solo tenía *Diario del dolor*.

—Yo también. Este es un libro raro, escribe de las casas en las que vivió, pero no solo de… perdón, ya te estoy explicando todo.

—No, está bien, es re-interesante.

—Mira esto:

> Y cuando llegaba a mi cuarto lo ponía sobre la mesa, cerca de la máquina de escribir. El cuaderno es como mi grabadora, mi cámara fotográfica, mi conciencia. La sala de gimnasia de mi escritura; el lugar de las reacciones secretas; el poder juzgar el mundo.

Le platiqué más del libro y de mi lista de diaristas. Mis años como lectora me han enseñado que los diálogos son más valiosos cuando cumplen una de estas cuatro reglas: caracterización, tensión/relación entre personajes, contexto, avance en la trama. Me encantaría reescribir el diálogo y decir que la profesora entornó los ojos al ver el nombre de la autora y luego me miró con interés, detallar cómo se acercó a mí, puso la mano en mi hombro y me invitó a su cubículo para intercambiar nuestras opiniones sobre el diario como escritura literaria y cómo eso nos podría llevar a una sólida amistad.

—¿Quieres una copia de mi lista?

—Más bien del libro, si no te jode.

—Para nada.

Antes de irme me contó que Carmen Martín Gaité [sí, la de *Las ataduras*, la de *Caperucita en Manhattan*, ella, ELLA] llevó una especie de bitácora a lo largo de los años y que se publicó a inicio de los dos mil.

—Se llama *Cuadernos de todo* y, como estás leyendo diaristas, ese te serviría.

Me gustaría cerrar esta escena o entrada diciendo que ella y yo quedamos en cebar mate o en que ella sería mi tutora en la vida o en la docencia pero nada de eso pasó. Lo que tenía que pasar entre nosotras ya pasó hoy.

| 10. Carmen Martín Gaité | (1925-2000) España. *Cuadernos de todo.* |
|---|---|

Puga, María Luisa. *De cuerpo entero*. UNAM/ Ed. Coronado. México, 1990. Y yo con mis reacciones secretas.

## Las horas de oficina

Lunes

Cuando llegué a la oficina, Debbie ya estaba esperándome. Estaba sentada afuera, en el piso. Dormitando. No me sorprende, con frecuencia nuestros estudiantes, especialmente las estudiantes, se sobrecargan de clases durante el verano. Estaba a punto de despertarla cuando ella sola brincó, como si saliera de una pesadilla.

Nunca uso la oficina, la comparto con otros tres instructores adjuntos. Pero como no están, el espacio es mío. Debbie fue directo al grano.

—Sé que te preguntas por qué estoy llevando esta clase otra vez si ya la llevé con…

—Oh, ¿ya la habías llevado?

—¿No lo sabías?

—No.

—Then why am I here?

—Porque te he notado distraída, y [competitiva, molesta, muy crítica con los textos de los demás] manejando un nivel de análisis que…

—No me di cuenta. It is not an excuse, but I got some personal stuff going on.

—¿Quieres que habl…?

—NO NEED.

—Ok.

—Sorry, I didn't mean to… A veces soy muy Mexicana.

—…

—Eso se oyó mal. Creo que más bien, a veces soy muy como ese lado de mi familia, como más tajante, no acepto ayuda…

—¿Te parece que es algo cultural?

—¿A ti no, profesora?

—Puede ser, pero…

—Anyway, voy a tratar de ser más… menos… you know. My stuff should not be in the way… lo siento.

¿Por qué una siempre termina avergonzándose de cargar con personal stuff?

## Mi momento vergonzoso

Miércoles

Estamos tomando turnos con las pautas. Unas veces yo, unas veces ellos. El lunes los hice escribir a cuatro manos. El martes ellos decidieron regalarse títulos para inventar textos. Hoy era mi turno, pero, a falta de ideas, y gracias a una llamada de Gran Escritor, les volví a dar las riendas. Alguien propuso escribir de algo vergonzoso. Pelotearon ideas antes de comenzar. ¿Algo vergonzoso social o culturalmente? ¿Qué camino podemos tomar si el tema no nos hace sentir cómodos? Etcétera. Estaban por comenzar cuando uno de ellos dijo:

—Tú escribe también, profesora.

Quise decirle que no y usar el tiempo de escritura para caminar, respirar y soltar ese malestar de la llamada.

—Seguro tienes algo vergonzoso, profe.

—No lo tienes que leer en voz alta, ¿recuerdas?

—Just have fun, Miss.

—Escribir para descubrir, Profesora.

No supe negarme.

## Un momento vergonzoso

Habíamos peleado. No recuerdo por qué. Para reconciliarnos o después de reconciliarnos nos fuimos al pub, nuestro lugar favorito. Me hizo prometerle beber la misma cantidad de tarros que él. Le hice prometerme que sólo yo elegiría las canciones de la rocola.

—Eres una hater de mi música.

—Y tú de mis oídos, eso nuevo que escuchas…

Primer ronda de tarros:
Jugamos a los dardos y él ganó.
Segunda ronda:
Jugamos a los dardos y volvió a ganar.
Tercera ronda:
Le quité diez dólares para la rocola.
Cuarta y quinta ronda:
Jugamos billar y se quejó de cada una de
las canciones.
Entre la sexta y la séptima ronda:
Puso dos canciones de Maroon 5 —y es posible
que una de Justin Bieber— que cantamos
y bailamos.

Íbamos de regreso a casa, él muerto de la risa y yo con unas ganas tremendas de orinar. Le decía, no me hagas reír y él más me hacía reír. Me parecía que en cualquier momento me iba a orinar ahí a media calle, que alguien me iba a ver y que ese alguien sería alguien de la universidad, un alumno, un colega, un decano, el rector. No podía ni decirlo en voz alta porque entonces sí, me iba a orinar.

—Si en vez de obligarme a bailar te hubieras ido al baño, no estarías así.

—Si no bailaras tan mal, no estaría a punto de explotarme la vejiga.

Comenzamos a disfrutar como antes, como la pareja alegre que podemos ser.

—Mira, haz ahí, detrás de esos arbustos, o detrás de ese árbol.

—No, qué vergüenza. ¿Y si se me ve un venado?

Risas y más risas por la posibilidad de encontrarnos con un venado stalker, de ahí pasamos a darnos besos y besos en la vía pública. Me lo quité de encima y grité:

—No puedo más.

—¿Quieres coger?

—No, orinar, quiero orinar.

—Haz aquí.

—Vámonos a casa a orinar.

—Y a coger.

—Pero ya.

Luego. ¿Qué pasó luego?

Llegamos a casa.

Sí, llegamos a casa y él se fue al baño de arriba y yo ya estaba en el pequeño, apenas podía sostenerme, creo que hasta mojé la orilla de la taza. Oriné toda la cerveza y más. Oriné como veinte minutos. O solo cuatro. Me reía sola en el espejo. Me acomodé el cabello, me pinté los labios y me puse un punto que esparcí en cada mejilla. El deseo estaba de regreso y quería que me encontrara linda. Revisé mi teléfono para ver mi ciclo, un poco apretado, era mejor usar condón. Se lo recordé a gritos.

—¿Condón?

—Sí, recuerda que estoy en break del…

—Okey, okey.

Cuando entré a la sala, ya me estaba esperando con dos shots de no sé qué. Nos besamos una dos tres todas las veces que teníamos pendientes. Me quitó la blusa y yo la camisa. Me mordió el cuello y yo su oreja. Avanzábamos por terreno conocido.

Sin quitarle la mirada, le quité el cinturón. El pantalón. Acaricié su pecho, sus hombros. Lentitud, suavidad. Estirar el momento, prolongar el deseo. Me cargó en sus brazos y me llevó al sofá. Seguimos besándonos, la intensidad de antes, en el ahora. Nuestra crisis había quedado atrás. Estábamos bien, ahora sí estábamos bien. Me relajé. Le quité el condón de la mano.

—¿Quieres que te lo ponga yo?

No me contestó. Me quitó los pantalones, me besó rodillas, muslos, ombligo. Solté una carcajada.

—No te rías.

—Me haces cosquillas.

Tomó el condón de mis manos. Los besos se volvieron pequeñas mordidas.

—No olvides el condón.

—Ya me lo dijiste.

Gruñó. Me hice a un lado para hacerle espacio. Me regresó en medio. Lo quise atraer hacia mí.

—Quieta, quieta...

Me viró y alzó mis caderas, me puso en cuatro y me penetró de golpe.

Me dolió. Me quejé. Dije no. Estoy segura de que dije no.

O dije: Así no.

¿No me escuchó?

Entraba y salía con una fuerza que parecía coraje. Como si quisiera demostrar algo. Como si tuviera que hacerlo, hacerlo así. Dije que no.

Quería moverme, quitarlo. Mi cuerpo no respondía. Cerré los ojos, para evitar el dolor que estaba sintiendo.

—Qué rico, mi Barbie.

Él se vino y se dejó caer en el sofá, piernas abiertas, celebrando su triunfo. Yo, boca abajo en el sofá, incapaz de moverme, incapaz de decir palabra. Rumiando mi fracaso.

No sé cuánto tiempo pasó.

Cuando me levanté fue lo primero que vi. El paquete cerrado, el condón aún adentro. ¿Qué hiciste? Dije o grité, no sé. Él estaba ahí. A mi lado o en el sillón de enfrente. ¿Tomaba cerveza o un vaso de agua?

—¿Todo bien, flaca?

—...

—¿Por qué me miras así?

Tomé mi ropa y me fui a la regadera. La piel me hormigueaba, no, me ardía. La piel me ardía.

—¿Profesora, estás bien?

—Se acabó el tiempo.

Estúpido diario. Te odio.

# y tres

¿En dónde quedé yo?
Porque tengo bien definida su presencia,
su territorio, sus recovecos, pero ¿y yo?
Perdí mi imagen.

María Luisa Puga

¡Ah, Diario mío! Tú solo conoces mi inquietud,
dime, ¿si yo no me defiendo,
verdad que poco a poco se
derrumbaría el mundo sobre mí?

Teresa Wilms Montt

Tal vez el verdadero propósito de mi vida sea
que mi cuerpo, mis sensaciones
y mis pensamientos
se conviertan en escritura

Annie Ernaux

## Un mecanismo

—Espera, primero es necesario que respires profundamente. Otra vez, inhala… exhala. Quiero entender todo para poder ayudarte. Solo una cosa, lo que tu esposo hizo, ¿fue hoy?

—No. Hace tiempo. Lo descubrí hoy.

—Al escribir en tu diario.

—Sí. No, con mis alumnos, bueno, no con mis alumnos, en mi diario. O sea, no, más bien hice yo un ejercicio de clase…

—A ver, otra vez estás hablando de todo a la vez y no estás respirando. Necesito que respires y te tranquilices, eso es lo más importante. Inhala… Exhala… Ahora, más lento. ¿Crees que puedes continuar?

—Hoy en clase mis alumnos eligieron escribir sobre un momento vergonzoso, me pidieron que yo también lo hiciera y lo hice sobre esa vez en la que él y yo nos emborrachamos y al poner el recuerdo en la página, otros detalles fueron surgiendo. Es como… como… como si mi memoria hubiera elegido, ¿sabes? Como si mi memoria se hubiera quedado solo con la mejor parte de la noche y borrara lo demás.

—No los borra, los reprime. Digamos que es un mecanismo…

—De defensa.

—Un mecanismo del cerebro para manejar estrés emocional extremo.

—Estrés emocional extremo.

—Un evento traumático.

—¿No los borré entonces?

—Digamos que tu cerebro los empujó a un lugar menos accesible. Para evitarte dolor.

—Y al escribir, abrí ese lugar y salió todo.

—Podemos verlo así.

—…

—¿Crees que podamos volver al inicio y me cuentes qué ocurrió?

—¿Con él o con lo que escribí?

—Tú decide.

—Ok. ¿Necesitas que respire otra vez?

—No es que yo lo necesite.

—Antes de eso, tengo una pregunta. Si un hombre penetra sin condón y sin consenso, pero es tu pareja, ¿eso es…?

—Una agresión sexual.

## Pánico Escénico
## con una bolsa de papel
## en el consultorio de mi terapeuta

Me empezó a fallar la respiración. Otra vez. Mi terapeuta le pidió una bolsa de papel a su recepcionista y me dijo que respirara en ella. Las dos me miraban como Kim y Victoria cuando Abu murió.

La recepcionista se fue, mi terapeuta se acercó y puso su mano en mi espalda, la acarició. O quizás esto en realidad no ocurrió, lo más probable es que ni siquiera se haya acercado y que lo que sentí en mi espalda haya sido el respaldo del sofá.

Cuando comencé a recuperar mi respiración, de mis ojos brotaron lágrimas, pero no era el acto lento y sutil que conozco, las lágrimas salían urgentes. La terapeuta me dio un kleenex y me preguntó:

—¿Qué necesitas?

Me repetí la pregunta. Nos contesté: No sé.

Mientras resumo esa escena de pánico escénico con una bosa de papel, siento algo desde el estómago hasta el pecho. Una náusea de palabras de todas las palabras que no he digerido de las palabras que no he retenido en la garganta de las palabras que se han quedado a medio camino las palabras que siempre están a punto de.

¿Qué necesito? **Necesito** sentirme bien. Necesito estar bien. **Necesito** ser feliz. **Necesito** estar triste y **saber por qué estoy triste**. Necesito dejar esta casa. **Necesito saber qué quiero saber.**

## Bitácora

Ya no importan los días o las horas
ya no importa si esto es diario o no
ya no importa qué escribo

Como no me siento lista para tomar decisiones, este diario se va a convertir en bitácora de mis días de mañas, bitácora de mis días leyendo diaristas. Bitácora de los gatos callejeros, como ese gato atigrado que me mira desde la barda. Bitácora sin corchetes. Los subrayados y las citas se quedan, eso sí.

He decidido dejar de copiar aquí mi diario de niña, estaba viendo una película que ya vi. Decidí también dejar de pasar en limpio mis sesiones de terapia. Tampoco es que las escribiera todas, pero ese registro detallado se estaba volviendo compulsivo, o tal vez no, pero creo que corro el riesgo de querer rememorar cada segundo de mi vida en vez de vivirlo.

## Microsegundo en California

Me invitó a California a pasar el fin de semana con él, Vamos a pasarla bonito, dijo. Vamos a hablar en serio, pensé. Podría escribir sobre este microsegundo en California.

Podría detallar qué me hizo ir y no quedarme.

Podría rememorar qué planeaba para esa gran conversación con Él.

Pero no tiene caso.

## Microsegundo II

Qué cabrón esto. Me digo que no tiene caso escribirlo porque para mí este viaje fue un fracaso, pero ¿por qué pienso que fue un fracaso? Además, ¿cómo carajos se mide el fracaso? Y más importante, ¿por qué, incluso en mi diario, siento que hay cosas que ni caso tiene escribirlas? La clave debería ser: Si me atraviesa, si no puedo dejar de pensar en ella, si es una idea o una pregunta que me ronronea, debo escribirla. Bien lo sabía María Luisa Puga:

> Mi novela era la insatisfacción; la incomodidad; el esfuerzo diario. Mi cuaderno el cuestionamiento de todo.

Puga, María Luisa. *De cuerpo entero*. UNAM/ Ed. Coronado. México, 1990. La pregunta, mía.

## Ida y vuelta

Le hice creer que cancelé mi vuelo y no fui, que decidí que ir solo el fin de semana no tenía caso, que no me sentía bien, que tenía mucho que calificar. Le dije muchas cosas para que creyera alguna o para que no supiera ni qué creer.

No me arrepiento. En ese viaje ida y vuelta
volamos yo y mis pensamientos,
volamos yo y mis sentimientos.

Nos abrochamos con el mismo cinturón de seguridad, nos pasamos la máscara de oxígeno cuando más la necesitábamos. Seguimos las indicaciones de las sobrecargo y volamos en el asiento de en medio sin mirar al pasillo o a la ventanilla, ni al pasado ni al futuro. No leímos ni escuchamos música. No hicimos otra cosa sino estar ahí, sin enfrentar lo que no sabemos enfrentar.

Al aterrizar sentí una punzada en el ovario izquierdo, un cólico de adolescente con primera menstruación. Mi cuerpo, como siempre, respondiendo antes que yo.

## Sentarse a sufrir

Qué hermoso sería poder sentarse a sufrir. Así nomás, decir: ¿saben qué? No voy a hacer nada esta semana, solo voy a sentarme a sufrir.

Y ya, sufrir, sacarlo todo.

Eso quiero, sentarme a sufrir. Pero falté jueves y viernes y no puedo tener un "resfriado" tan largo. Mañana me toca volver al aula.

Voy a sufrir un poco más, luego doblar el sufrimiento y ponerlo en este cajón y preparar las clases de la semana. Iba a volver a Sylvia Plath. Pero Kim me había dado *The Journals of May Sarton* y la honestidad y sencillez de sus entradas me hicieron bien. En noviembre de 1939 May Sarton escribió:

> Ayer fue un mal día. Lo calificaría con un seis o siete, como si no hubiera aterrizado realmente.

En esta entrada, setenta y tantos años después y a montones de kilómetros de donde vivió Sarton, me atrevo a escribir:

> No es que ayer fuera un mal día, pero me siento hecha un seis, o un aterrizaje forzoso, realmente.

May Sarton no se sentaba a sufrir, ella se sentaba a escribir. Vivió sola gran parte de su vida y fue abiertamente lesbiana, no que una cosa tenga que ver con otra, o quién sabe, considerando que nació en 1912 bajo las conservadoras normas de Nueva Inglaterra que permeaban en su familia:

> Mi padre era teóricamente feminista, pero cuando se trataba de las cosas concretas de la vida, esperaba que todo se lo hiciera su esposa, por supuesto.

## El verdadero sentido de ahogar las penas

No fui a la biblioteca. Después de clase me fui directo a terapia a hablar de lo que yo creía un fallido viaje y que en realidad debo ver como un viaje interior. Luego caminé un poco, busqué un parque para ponerme a escribir, pero en lugar de eso me puse a leer este diario sin juicios y con curiosidad. En algunas entradas siento que no leo un diario, sino un falso diario. Siento que edito mi vida. En algunas entradas eso sí es un diario, un diario que no sé si quiero continuar.

Me siento pesada. Voy a prepararme la tina, burbujas, sales, música.

Ya no se trata de sufrir, sino de sentirme mejor.

Se trata de aliviar la punzada en el ovario, el dolor de cabeza, el cansancio del viaje, de la clase y de sumergir *ese* episodio. Se trata de estar conmigo y sentirme mejor.

Sentirme mejor conmigo.

## En el estudio

No tuve que explicarles mucho. Es más, no tuve que explicarles nada. Creo que solo con verme en su casa en lunes a las diez de la noche con una cara de espanto, Kim y Victoria supieron que pasaba algo. No abundé. Les dije que necesitaba un lugar para dormir. Que necesitaba dejar mi casa unos días. Me inventé un problema:

—My house has a plague of something.

[Una plaga de condescendencia, desigualdad de poder, dinámicas de toxicidad, es posible que hasta de abuso psicológico].

—¿Será posible rentar el estudio atrás de su casa?

No tuve que prometer ser una inquilina más tranquila y silenciosa que la que recién les dejó el lugar. Victoria de inmediato se fue a prepararme la cama. Kim se ofreció en buscarme alguien que fumigara.

—No, it's ok, I got it, thank you.

—No tienes que pagar renta. Tampoco vas a necesitar nada.

—The studio has it all.

—Even mañas, como dicen ustedes los mexicanos.

Mañas con la regadera, con la puerta principal, mañas con los gatos del vecindario y con las suyas:

Stein y Toklas. Prefiero resolver esas mañas alrededor que las mañas de mi vida, las de mi cabeza, las de mi cuerpo que sigue anticipando la menstruación a patadas.

—You just need your basic stuff.

—Ya sabes: tus libros y tus diarios.

## Las piezas

Tengo ojeras y los ojos hinchados. No dormí por darle vueltas a todo lo que ocurrió entre el momento en que me salí de mi casa y el momento en que toqué la puerta de las chicas. No dormí por darle vueltas a lo que sigue una vez que me levante de esta cama.

Me voy a poner la misma ropa de ayer, me iré a casa, baño, café, mochila y directo a clase. Después a casa, ¿a quedarme y decir que no hay tal plaga o a empacar rápido antes de que la plaga me cierre el paso?

¿Y después qué? Después no es un minuto ni una hora después, después es una semana, un mes. Después es la vida que sigue para mí. ¿Y después qué?

Escribo esto, reviso mi cuerpo, mi mente y me doy cuenta de que no he resuelto todo, solo algo y que algo está bien.

Romperse está bien<br>
las piezas están ahí<br>
para volverse a armar.

## Visado

Después de leer mi correo, seguro el más catártico de todos, en vez de contestarme en el mismo modo, Nadya me marcó. Estuvimos dos horas al teléfono. Me escuchó, me pidió permiso para opinar de lo ocurrido. Tiene razón, en todo tiene razón y me siento tan estúpida por no haberlo visto antes, no lo último que ocurrió, sino lo de siempre, lo que estaba ahí desde el inicio.

Al colgar me mandó un mensaje de texto.

Quédate con ellas el tiempo necesario.
Y si me necesitas, pues voy, yo por ti
hago lo que sea.

Gracias.
Peeeeero:
Sabes que
necesitas visa
para venir,
¿verdad?

Ya sé.
Pero ¿a poco no se oye
bien chingona mi frase?

Bueno, sí.

Un visado amistoso,
eso voy a pedir.

Ja, ja.

Al menos te hice reír.

## Penar

Necesito penar [Notus brutus: Quise poner pensar, pero puse penar y lo voy a dejar así porque probablemente también necesite penar].

Mi madre y mi hermana me llamaron. Planean venir. Lila va a dar dos conciertos cerca de aquí pronto. ¿Podría yo tomarme unos días?

—Obvio que las alcanzo.

—Luego nos regresamos contigo, pasamos una semanita con ustedes.

—¿Acá?

—¡Sí, hija!

—Aunque no puedas creerlo, fue idea de mamá.

No sé dónde o cómo estaré en unas semanas, mucho menos en unos meses. Tanto tiempo pidiéndoles que vengan y vienen justo ahora. Les dije que sí y armé un tour imaginario sin un solo temblor en mi voz, ni una pizca de incertidumbre.

Sé que debo decirles lo que está pasando. A mi tiempo, todo a mi tiempo.

## Caja en casa

Vine a casa a recoger unos libros que olvidé y me topé con un envío de Nadya. *Diario del Dolor*, de María Luisa Puga, que no tenía, y *La mujer helada*, de Annie Ernaux. La nota de Nadya dice:

> Estas autoras no se dejaron vencer,
> cada dolor es distinto, cierto
> pero un día se está bien.
> Tú vas a salir de esta
> decidas lo que decidas.
>
> Si decides dejarlo, estoy contigo.
> Si decides quedarte, estoy contigo.
> Siempre estoy contigo.
> Con o sin visado.
>
> N.

## Diario dolor

Tengo un sangrado como de cirugía del siglo XVIII. Si me preguntaran cómo siento mi dolor en escala del 1 al 10, diría dieciocho. Mi periodo siempre ha sido rarísimo. Me retraso, me dura muchos días o me dura nada. Estoy acostumbrada, pero, dado que llegué a pensar que estaba embarazada y por suerte no lo estoy, este sangrado —que me tiene podrida en cama y con un cólico espantoso— no merece queja alguna. O sí hay quejas, pero las sofoco con té, cama y *Diario del dolor.*

## Viajar con Dolor

Comencé a leer con enorme ingenuidad: la María Luisa Puga de *Diario del dolor* es distinta a la de *De cuerpo entero.* En el primero ya se conoce, en el segundo se estaba conociendo. Aquí quiere moverse, en el otro no paraba de moverse. Acá divide por puntos. Allá por ciudades.

> Viajar con Dolor a cuestas es salirse a una tierra de nadie... más bien de todos, salvo de uno. La gente resulta extraordinariamente ajena y los lugares inhóspitos. Esta es una soledad que ya conocía:

Nadya no me mandó un diario para alimentar el mío. Nadya me envió un dolor que le pone palabras al mío.

> Me refugio en la silla de ruedas, en mi cuaderno, en mi bolso. Se convierten en una torpe nave espacial que me permitirá huir rápidamente a la primera señal de peligro.

Me voy a tomar una pastilla, de esas que tumban, para quedarme dormida. Nunca me acuerdo de qué sueño, pero estoy segura de que soñaré con Dolor a cuestas.

Con té u desde cama, sigo leyendo. Puga habla de Dolor y Dolor se vuelve personaje. Yo leo Dolor y pienso en Él. El escritor. El profesor. El del premio. Tuve un pequeño escalofrío. Me regresé al inicio del libro:

> Tiende a querer ocupar todo el espacio. Desplazarlo a uno por completo. Y muestra su cara agresiva cuando uno no lo deja. Uno no lo deja que invada por completo por miedo. Ya no es tanto el dolor lo que intimida, sino su agresividad. Llega a ser tan extrema que uno despliega una nueva actitud: la rabia. Una rabia inmensa. Pareciera entonces que uno lo saca a patadas de la conciencia. Pero el dolor ha conseguido su objetivo: todo nuestro ser está consciente de él. No cabe nada más...

No lo pude evitar, tal vez sí pude y no quise; me puse a transcribirlo, a experimentar con la puntuación, las conjunciones, las conjugaciones y las emociones. A quitar y poner las mayúsculas y las palabras que mi diario necesitaba.

> Él ocupa todo el espacio, la desplaza a Una por completo. Él muestra su cara agresiva cuando Una no lo deja que invada por completo. Ya no es tanto el dolor lo que a Una intimida, sino su agresividad. Llega a ser tan extrema que Una debe desplegar una nueva

actitud: la rabia. Una rabia inmensa. Él no consigue su objetivo: Una lo saca a patadas. No cabe más.

Puga, María Luisa. *Diario del dolor*. Dirección General de Publicaciones UNAM, 2023.

## Vida en el estudio

1) Un gato atigrado se mudó de la barda al borde de mi ventana. ¿Cómo le digo que estoy de luto por un perro?

2) Mensaje de texto de él. Le respondí con un emoji: el pulgar levantado.

## Almuerzo

Las chicas, me gusta llamarlas chicas, me invitaron a cenar en su casa. Tienen un espacio hermoso, lleno de libros y libreros que alguna vez fueron otra cosa, no libreros. Alacenas, canastas, un refrigerador viejo y sin puerta. También tienen libreros-libreros. En las paredes cuelgan fotografías narrando su vida antes y después de estar juntas. Una era una jovencita de playas, fiestas y paseos en bicicleta. La otra una joven de montaña, guitarrista de bandas y corredora con o sin camiseta. Hay fotos con amigas en viajes. Fotos de mascotas, varios gatos y dos perros.

En el comedor hay una mesa que solía ser una puerta de casa vieja, de granero, una puerta de otro tiempo. Espacio perfecto para convivir o escribir. Kim, como si me leyera la mente, me dijo:

—Great, isn't it?

Victoria salió de la cocina, me saludó de beso, no sé ni cuándo comenzó a hacerlo. Cubrió la mesa con un mantel que aún tenía el precio. Puso platos grandes y medianos, servilletas bajo los cubiertos, cucharas pequeñas frente a cada plato.

—No creas que comemos así siempre.

—Actually, we never do!

—Mentiras, en Navidad sí pongo servilletas.

Ofrezco ayuda, asumiendo que me dirá no porque en este país nadie acepta una mano, y me llevan a la cocina. Recibo instrucciones para la ensalada. Kim mete y saca cosas del horno. Victoria se afana moviendo algo en la estufa. No me siento intrusa, me siento incluida.

Durante la cena me preguntan de mi curso, de los diarios, si he dormido bien, ni una sola pregunta sobre por qué me fui o cuándo me regresaré a mi casa. La charla se torna hacia la universidad, anécdotas muy superficiales. Imposible que los rumores de mi departamento llegaran hasta la biblioteca.

Kim trajo el pay de ruibarbo que había preparado. Tenía un olor dulcísimo, desconocido. Un olor que me atrapaba y del que al mismo tiempo me quería escapar. Victoria cortó tres rebanadas y, mientras colocaba la mía en el plato, sin rodeos, me dijo:

—Mami, estoy preocupada por ti.

—¿Preocupada?

—Mira, no tienes que contarme si no quieres, pero no me jodas con eso de una plaga. Si no quieres o no puedes estar en tu casa, pues ya está, aquí te quedas. But be honest.

—...

—We are your friends.

Otro olor dulcísimo me atrapó, me sentí arropada y en confianza.

Kim y Victoria escucharon el resumen de mi vida, obvié algunos detalles. Me entendieron más de lo que imaginaba. Resultó que Kim tuvo una Gran Arquitecta. En las escenas en las que yo decidí hacer elipsis, ella intercalaba momentos de su propia relación. Victoria solo interrumpía de vez en cuando para decir: Cabrón, nunca me cayó bien.

## Ligera

Este es el primer día
desde que todo
inició
en que amanece
y
no me
siento
de la chingada.

## Tres temas no relacionados que atañen a esta diarista

1. El curso va genial, ellos comienzan a crear pautas cada vez más personales para escribir. También toman turnos para coordinar la retroalimentación. Después del almuerzo, me voy a la biblioteca a escribir en el diario y en el cuaderno que no es diario. Creo que estoy entendiendo qué me hace feliz y estoy lista para reactivar la terapia.

2. Debbie volvió a faltar y ya está en el límite. Una falta más y perderá derecho a examen final. Le he enviado un email. La he citado en horas de oficina. Esa es la parte que no me gusta de ser profesora, dar ultimátums o pedirles que se den de baja.

3. Descubrí que existen 327 cuadernos-diarios de María Luisa Puga sobre vida cuerpo y escritura. Abarcan de 1972 a 2004 y están disponibles para consulta en la Universidad de Texas en Austin.

## El proyecto

Creo que la profesora argentina cambió de opinión. La siento distinta. No es que quiera ser mi amiga, más bien que quiere ser una mejor colega. Dejó en mi oficina un paquete y una nota:

> *Checa esta convocatoria, podrías solicitar esta beca para tu proyecto.*

Agité el paquete como siempre. Un libro. Me volví a equivocar. Era un diario. No era ese del que me habló sino los *Diarios íntimos* de Teresa Wilms Montt. Lo acompañaba la información de una beca. Se invita a profesores y académicos bla bla bla a someter bla bla bla para proyectos de investigación bla bla bla sobre escritoras latinoamericanas que bla bla what?!

Yo podría participar con una propuesta sobre los diarios que he estado investigando, mi propuesta podría iniciar diciendo:

- Esta investigación analiza cómo las autoras mencionadas convirtieron la escritura diarística en un espacio íntimo para el desarrollo de procesos creativos, reflexivos y de resistencia…

- El presente estudio se propone analizar de qué manera las autoras previamente mencionadas transformaron la escritura diarística en un espacio íntimo y significativo para la elaboración de procesos creativos, reflexivos y de resistencia…

- La presente investigación se adentra en la manera en que las autoras mencionadas tejieron, a través de la escritura diarística, un refugio íntimo donde la creación, la reflexión y la resistencia se entrelazan como hilos de una memoria viva.

Teresa, Teresa, Teresa

Día once 1:17 am

Tecleo su nombre en la web y la web decide las búsquedas temáticas por mí:

Teresa Wilms Montt marido
Teresa Wilms Montt muerte
Teresa Wilms Montt película
Teresa Wilms Montt frases
Teresa Wilms Montt libros
Teresa Wilms Montt poemas
Teresa Wilms Montt diarios

El prólogo y la introducción a sus diarios, publicados justo el año pasado, ofrecen un buen contexto, pero no sé, quería más. Di click a Teresa Wilms Montt poemas y lo que ahí encontré fue increíble: entradas de su diario. Sí, alguien tomó entradas de su diario como poemas. O Teresa usó su diario para escribir poemas. O Teresa no separaba lo uno de lo otro. Tal vez todas las autoras que he leído, y las que me esperan, ven al diario al cuaderno a la bitácora como escritura, punto. Para algunas son inicios, textos en ciernes, o textos que después encontraron otro lugar o cuyo lugar era ese. Porque, ¿quién sino una decide cuál es el lugar de la escritura?

> **Este es mi diario.**
> En sus páginas se esponja la ancha flor de la muerte diluyéndose en savia ultraterrena y abre el loto del amor, con la magia de una extraña pupila clara frente a los horizontes. Es mi diario. Soy yo desconcertadamente desnuda, rebelde contra todo lo establecido, grande entre lo pequeño, pequeña ante el infinito... Soy yo...”
> Teresa de la +
>
> **Londres**
> Sólo en una actitud puedo descansar de la ardua tarea de vivir, tenderme en la cama los días y los días, pensar con la nuca apoyada en los brazos. Escarbar en mi cerebro con la tenacidad de un loco buscando fondo al insondable abismo en el cual estoy dando vueltas desorientada.

En su diario descubro que Teresa era, como yo, como otras, como tantas, una niña extraña. Una niña que lee. Una niña que después se vuelve una mujer que escribe su infancia. Bueno, la suya fue una infancia afrancesada y no todas tenemos eso. En su diario habla de colegios e institutrices, de normas sociales, que la rompen tanto que rompe con ellas. Todas rompemos con algo alguna vez. Habla de querer ser libre.

El diario fue su forma de libertad.

Tal vez eso fue para mí de niña.

¿Podría serlo todavía?

Wilms, Teresa. *Diarios íntimos*. Editado por Julieta Marchant, Alquimia Ediciones, 2015. Lo marcado y las ganas de libertad, mías.

No solo no lo he enfrentado, sino que sigo contestando sus mensajes y siguiendo sus instrucciones.

No entiendo por qué te estás quedando
con ellas.

Porque no quería<br>estar sola.<br>Y no estoy con ellas,<br>sino en un estudio<br>atrás de su casa.

Por eso no has visto el paquete.

No

Podrías ir y mandarme dos ejemplares
por correo.
Es más, ¿me puedes hacer un favor?

¿Qué?

Quiero un video

¿Video?

Sí, un video del momento.

¿del momento?

Sí, del momento en que abres la caja,
es más, usa el coso ese, el que
usamos para la tablet,
para que uses las dos manos.

las dos manos, ok. ya te lo mando.

no, espera, déjame explicarte
cómo

no tiene ciencia, abro la caja,
saco el libro y grabo ¿no?

Sí, sí, pero, quiero que uses un cuchillo, Barbie y...
quiero que abras de arriba abajo. despacio,
muy despacio abres las dos tapas de la caja,
quitas el papel para que se vean todos y
luego sacas un ejemplar, lo pones derechito
para que se vea la portada entera con el título
y mi nombre. luego un close-up a la editorial.
¿me explico?

quieres que también le ponga
pajaritos y florecitas saliendo
de la caja y el aleluya de fondo?

mejor unos besos tuyos
bien tronados

Me imagino que si fuera mi libro también quisiera un video así. Bueno, tal vez de momento solo quisiera acabar un libro y sentirme orgullosa.

## Debbie

Debbie dejó el curso, solo me llegó un email de la oficina de registros. De ella, nada. Le he escrito para ver cómo está, aunque, en realidad, no hay nada que hacer, ya dejó la clase. No sé, en su lugar, a mí me gustaría que alguien se preocupara por mí. Corrección: a mí me gusta cuando se preocupan por mí.

## El plan era simple

El plan era simple: dejar un ejemplar de la nueva novela del escritor en la oficina de correos y quedarme otro para leerlo después, en algún rato libre, algún día de la semana. Pero el libro hizo su tarea: me llamó: El título. La portada. La dedicatoria. El epígrafe:

> la besé áspero, la
> lastimé y ella igual me
> besó en un exceso de pétalos, nos
> manchamos gozosos, ardimos a grandes llamaradas
>
> GONZALO ROJAS
> *Quedeshím Quedeshoth*

Luego: la primera línea, el primer párrafo, el primer capítulo, el segundo. Estaba en una banca del campus leyendo sin parar, asombrada y asustada al mismo tiempo, ¿quién era ese narrador? ¿Quiénes esos personajes? En cierto modo se sentía extraño, pero natural, ¿acaso no todos tomamos rebanadas de lo propio para escribir? Somos el primer personaje, decía Hebe Uhart.

¿Qué pasa entonces cuando el autor de ese primer personaje hace una versión de ti y de su vida en el segundo? Esto es lo que dice en un fragmento el libro de Gran Escritor: de la novela del gran escritor:

> Ella inició. Lo desnudó. Lo besaba y lo mordía. Luego comenzó a quitarse la ropa poco a poco, se tocaba los senos, se pellizcaba los pezones, invitándole. Una vez desnuda, se puso en cuatro sobre el sofá, como una ofrenda. ¿No le había dicho ya que él era su Dios del Olimpo y ella su musa? Entonces, mirándole por encima del hombro, le dijo: Entra, entra fuerte.
>
> Él quiso decirle que no, pero era imposible decirle que no. Su cuerpo estaba ahí para él. Ella quería su miembro, en ella. Eran el uno para el otro. Le acarició de espalda a muslos. Ella suplicó: Apriétame. Él la agarró de las caderas y la penetró. Así, soy tuya, hazme tuya, dijo ella. Para siempre.

Quiero sacarme la novela de ese escritor, a puños, quiero sacarme a puños cada palabra.

# Y para eso viajó tanto

Entré al cubículo de Victoria hecha una furia. Aventé el libro en su escritorio. Ella lo tomó, examinó la portada y me miró. Leyó la dedicatoria y el epígrafe, sacó la lengua como quien tiene asco y me preguntó:

—¿Y ESTO?

—No sabes, Victoria, no sabes.

—Ni sabré, Mami, porque yo algo como esto no te lo leo.

—No te puedo decir qué hizo en la vida real, pero… digamos que utilizó algo muy íntimo y espantoso y lo puso aquí en este libro, pero distinto, retorcido. Me da asco nomás pensarlo.

—Pedazo de cabrón.

—Todo este tiempo pensando que escribía un libro de viajes y este pendejo escribió su propia mala versión de *El último tango en Paris*.

—Yo supe que para este libro le dieron dinero, equipo, dos becarias.

## Grandes escritores

¿Le has escrito ya?

No, no sé ni
qué decirle.

Tamaño de idiota ¿a poco
creía que no leerías su novela?

Lo peor es que no sé qué hacer
me siento tan avergonzada

tú por qué?

Porque quien la lea va a pensar...

Que es un pésimo escritor

...

pésimo escritor que hace homenajes
a su verga

Nadya!

Lo digo en serio, o sea, aún sin leer
la novela y créeme que no la voy a leer
ya me imagino el tipo de personaje
que hizo de sí

Yo no la terminé de leer,
después de esa escena
leí un poco más y ya.

Dime que por lástima
de su mala escritura.

Ojalá hubiera sido por eso...

El año pasado, una colega chilena trabajó
en la reedición de *Confieso que he vivido*.
Neruda admite ahí un abuso sexual a una mujer de limpieza.

¿Y eso que tiene
que ver con...?

Tiene TODO que ver,
tiene que ver con su forma de darle
vuelta a las palabras. Poeta al fin

Me gustaría leerlo,
seguro que aquel tiene el
ejemplar en casa.
No voy a ir
nomás a eso

Permíteme, que para la piratería
me pinto sola.

Una mañana, decidido a todo, **la tomé fuertemente de la muñeca** y la miré cara a cara. No había idioma alguno en que pudiera hablarle. **Se dejó conducir por mí sin una sonrisa** y pronto estuvo desnuda sobre mi cama. Su delgadísima cintura, sus plenas caderas, las desbordantes copas de sus senos, la hacían igual a las milenarias esculturas del sur de la India. **El encuentro fue el de un hombre con una estatua. Permaneció todo el tiempo con sus ojos abiertos. Impasible. Hacía bien en despreciarme.** No se repitió la experiencia.

Estoy sin palabras.

Igual estaba mi colega
Ahora... lo que no me puedo
sacar de la mente es...

¿Qué?

Si la escena la escribió
antes de estar conmigo o después.

Wey, ¡no importa! Todo mal, hizo todo mal,
hacerlo y escribirlo. No importa el orden.
Lo que importa, lo que realmente importa
es, ¿qué quieres hacer tú al respecto?

## Maldita pedagogía

Última semana. Llevo dos horas frente a la pantalla tratando de elegir una lectura para de ahí diseñar un ejercicio de escritura y estoy en blanco. Podría ponerles cualquier cosa, claro, pero, como mi acuerdo con ellos es que todo lo que hagan yo también lo voy a hacer, estoy frita.

Maldita pedagogía.

Sería tan fácil hacerlos leer un par de entradas de *Diario del dolor* o *De cuerpo entero* y que narraran algo relacionado con el cuerpo o con vivir en cierto lugar, o podría pedirles que se imaginen que hay algo extraño y bestial encerrado en un cuarto y hagan su propia versión de "El huésped" a lo Amparo Dávila. Pero me estaría yo misma poniendo la soga al cuello. Si de hacerme sufrir a mí misma se trata, les digo que suspenderemos los ejercicios de escritura y continuaremos la lectura de *Los recuerdos del porvenir* tratando de entender quién habla y así yo me entierro las uñas mientras tanto.

Exagero. Es a él a quien se las debería enterrar.

—Estás platicando esto del libro con cierta tranquilidad, diría yo.

—Es que ya pasaron varios días, créeme que estoy emputadísima, pero de nada me sirve actuar desde ahí, como me has dicho tú. Prefiero terminar el curso y recuperar el aliento.

—¿Y luego?

—…

—Dilo, eso que está por ahí en tu cabeza.

—Es que me quedé pensando en lo que hablamos la sesión pasada y creo que no comencé a estar mal cuando pasó lo que pasó.

—Cuando te agredió sexualmente.

—Me cuesta decirlo.

—Entiendo. ¿Cuándo crees que empezó?

—Desde antes, desde mucho antes. Desde que…

—Dilo.

—… empezamos.

—¿Por qué?

—Lo sabía cuando me invitó a salir, yo sabía que estaba casado. Y no me detuve. No quiero justificarme, pero, en ese momento, solo quería salir con él y ya. Me hacía sentir interesante.

—Dime más.

—Quería que fuera mío. A como fuera lugar. No se fue del todo. No lo dejé ir del todo.

—...

—Mantenía la comunicación y luego desaparecía. Lo enganchaba. Me buscaba y lo hacía visitarme. Yo sabía que estaba partiendo una familia. No te puedo explicar, pero eso no me detuvo.

—¿Por qué crees que seguías alimentando ese vínculo?

—Es como si, como si quisiera saber qué se sentía, no sé, tener el poder y luego perderlo.

—¿Perderlo... a él o a esa sensación de poder?

—Es más, creo que me hubiera gustado que él no partiera a su familia, que me mandara a la chingada. Lo hubiera respetado más.

—Y que haya dejado a su familia por ti, ¿cómo te hizo sentir?

—Feliz, claro. Pero también... uff. También me sentía comprometida.

—¿Comprometida a qué?

—A estar con él, a cuidarle, a hacerlo feliz y ser feliz, a invertir mi tiempo, mi atención, mi cuerpo en él.

—Hasta que tu cuerpo dijo no.

—NO lo quiero hacer sonar como el villano aquí, ni victimizarme. En el fondo había mucho amor, es solo que, no sé, se acabó. Creo que al dárselo todo, me quedé sin nada.

## Cierra los ojos
## cambios, son solo cambios

Los cambios siempre llegan de golpe. Sin hacerte una llamadita, mandarte un email o un mensaje de texto, avisando "Ahí vamos para allá". Nada, llegan y punto. No tocan el timbre, abren y entran como Pedro por tu casa. Y cuando digo casa obviamente quiero decir vida. Mi vida.

Los cambios no dicen nada, se acomodan en la sala de tu mente y a ver, ¿qué le vas a hacer?

No digo que los cambios sean como un carro, un camión, un tren que te dan de frente, pero cuando llegan, lo hacen así: de golpe y por completo. Ni chance de hacerse a un ladito, encogerse o cerrar los ojos. Pum, te tumban y ya. No vuelves a ser como antes.

Ya no soy la de antes. Empecé una en este diario y fui moviéndome en la página y ahora soy otra. No, no es que sea otra, eso es lo que dice la gente después de un buen baño o un masaje: ¡Me siento otra!

Yo no soy otra. Soy la una que no sabía que podía ser. Soy el desarrollo de un personaje de ficción, y la ficción, ya lo sabemos, no es mentira.

## La mujer helada
## y helando

Esta tarde, después de almorzar con las chicas y contarles un poco, solo un poco, de lo mucho que ha pasado, me encerré en el pequeño estudio que se siente como gran hogar dispuesta a encadenar mi atención a la tele. La gata que me ha adoptado y que formalmente se ha mudado conmigo, de inmediato se sentó a mi lado.

Iba a prender el televisor, pero un libro me habló. No era un diario, sino la novela de Annie Ernaux, regalo de Nadya.

Y vine aquí a decir que es una de esas novelas que no dejas de leer más que para ir al baño o hacerte té o para escribir aquí en tu diario que estás leyendo una de esas novelas que no dejas de leer más que para…

## Una [falsa] diarista

Acabé el libro de Ernaux y me despertó unas ganas tremendas de escribir. De volver a escribir. poesía. O tal vez microficción, bueno… mejor no etiquetar, ¿no se lo digo a mis alumnos todo el tiempo?

Tal vez lo que debo hacer es dejar de pensar en qué escribir y escribir. Sí, tal vez lo que debo hacer es escribir, escribir sin pensar a dónde voy. Escribir y ya. Escribir y dejar de decirme que solo soy una [falsa] diarista.

## No me caben dudas

Estoy avanzando en mi proyecto para la beca. Él estuvo mande y mande mensajes de texto y le conté. Me ofreció asesoría, no gracias. No quiero que me inyecte dudas, aquí ya no caben. Por la noche ordené otros libros de Ernaux, mi nueva obsesión y aliciente para escribir, estuve a punto de hacerlo con su tarjeta. Mi gran acto de rebeldía e independencia fue quitar sus datos de mi librería en línea y pagar por cuenta propia. De aquí en adelante, todo, todo, será por cuenta propia.

He tomado otra decisión, me regreso a México, me regreso a mi casa, con mi familia. A empezar de cero, sí, pero no siendo un cero.

## Caja de cemento

Siempre no me voy. Esta mañana tuve una epifanía muy anticlimática, porque, pensándolo bien, necesito el salario de lo que resta del año y, entonces sí, planear qué sigue. No dormí dándole vueltas al futuro. Creo que el siguiente paso no es el terruño. Podría ser mi plan B o C, claro. Primero hay que armarse un plan A, un plan A de poquísima madre.

Por lo pronto, me quedo aquí y, cuando digo aquí, me refiero al estudio, a la universidad, al pueblo. Ya tendré esa charla con el escritor y ya sacaré mis cosas y mi vida de su vida.

Tratará de convencerme de que me quede, pero ya no soy la Barbie que puede acomodar en su casita de cemento, la muñeca que puede vestir y desvestir o poner en cuatro. Me va a querer llenar de libros o de flores y yo le voy a recitar ese poema de Anne Sexton:

> Your daisies have come
> on the day of my divorce:
> the courtroom a cement box...

## Escritura de Género

En un diario una escribe cosas como:

> Siento que este día ya no es como el anterior o el anterior a este. Algo ha cambiado.

En un cuaderno de notas una escribe cosas como:

> El libro podría estar compuesto de una variedad de piezas en distintos géneros, desde prosas poéticas hasta epístolas, incluso cabe la posibilidad de que existan textos de otras autoras intervenidos.

En una bitácora una escribe cosas como:

> Hoy llegamos al desierto y siento temor de mirar atrás y convertirme en sal.

En una libreta de pendientes una escribe cosas como:

> Sacar la basura. Leer a Ernaux. Marcarle al abogado.

To: mrivas@uoc.edu
From: dmartinez@falcon.uoc.edu
Subject:RE: Ausencia de clase

Profesora,

Gracias por escribirme. Sí quiero hablar con usted, pero en su oficina no.
¿Podemos vernos en The Press? La cafetería sobre Dickinson. Yo estoy libre mañana y pasado por la tarde, solo dígame a qué hora.

Muchas gracias,

Debbie R.

## Caseras, amigas y rescatistas

Después de la charla con Debbie me vine directo al estudio. Revisé, en este orden: leyes, carreteras, costos, renta de autos. Luego volví a empezar con el nombre de otra ciudad. Cuando me di cuenta de que era inútil, que no sabía qué convenía más, cerré la computadora y toqué la puerta de mis caseras, amigas y rescatistas.

—Tengo una pregunta.

—Shoot.

—Supongamos que…

—Supon what?

—Supongamos, let's suppose, Kim, that's what she is saying.

—Oh.

—Supongamos que *alguien* necesitara

—Money? How much…

—No, no, no, dinero no.

—My god, Kim, just stay quiet, I will translate for you.

—¿Qué necesita *alguien*?

—Supongamos que *alguien* necesita…

—¿Ajá?

—Un aborto.

—Oh.

—Y que ese *alguien* sabe que en este pueblo no hay opción para ello.

—Abortion is fucking illegal here.

—Mami ella sabe, shhh. Continúa.

—Entonces, ¿qué puede hacer ese *alguien* que necesita un aborto?

—Pues *alguien* tendría que viajar cuatro horas y buscar a nuestra amiga Janet la Plathspecialist porque en su ciudad *eso* es legal y ella sabe de *cierta* clínica que en precio y cuidados es la mejor. Además, puede hospedar a *aquellas* que vayan, porque, ir y volver el mismo día, *después* del procedimiento…

—It's risky.

—Ya.

—Pero *alguien* no puede ir sola.

—How far?

—How far what?

—How far is your I mean, *alguien* pregnancy?

—Oh, no sé bien.

—We can take *alguien*.

—*Alguien* no soy yo.

—Right.

—Really, no soy yo.

—Si eres tú, it's ok. Ya quedamos en que no tienes que mentir.

—We can take you.

—No soy yo.

—There's someone at the door.

Él vino a buscarme, no sé cómo dio con la dirección. Victoria lo reconoció por la mirilla, con voz baja comenzó a darnos indicaciones.

—Es tu marido, escóndete.

—Maybe she wants to talk to him?

—No, no quiero.

—I will handle this.

Kim lo saludó con gran amabilidad, le dijo que sí, que yo me estaba quedando con ellas por la plaga que había en casa. ¿Venía él a resolverla? ¿Cómo que qué plaga? No, yo no estaba, me había ido con Victoria a una feria de libreros en otro pueblo y no sabía cuántos días estaríamos fuera. ¿Había venido de sorpresa? Porque yo no les mencioné nada y yo todo les cuento. Que sí, que ella me pasaría su mensaje, que no se preocupara, que sí, que había recibido todos sus mensajes, que yo hasta se los había leído.

Después, Kim vino a la habitación, se sentó con nosotras en la cama y con toda propiedad me dijo que no era su intención entrometerse, pero que considerara llamar "al hombre" para que él no creyera que no me pasó el recado.

Prometí hacerlo, aunque no tenía ninguna intención.

Nos levantamos, les pedí que me escribieran todos los datos de su amiga Janet para planear el viaje y entonces Victoria me dijo:

—Yo no soy como Kim, yo sí necesito saber qué está pasando.

—Es una estudiante, pero no puedo decir el nombre…

—¿Por eso vino el profesor? ¿Es posible que él y la alumna…?

En un primer momento no supe qué contestar, no entendía cómo podía relacionarse la visita del profesor con la alumna. Victoria me miró, preocupada.

Victoria se dio cuenta de que la pregunta me había desacomodado y se vio obligada a contarme que entre pasillos se hablaba de que él y otros dos profesores viajaban juntos, salían con sus becarias; también se hablaba de fiestas en congresos, de comportamientos inadecuados. Y de un reporte.

*Alguien,* que resulta ser ex estudiante de él, me pedía ayuda… ayuda justo *a mí*, para que la llevara a una clínica de planeación familiar a cuatro horas de aquí. Y luego él se presentaba a buscarme. ¿No era eso sospechoso?

Lo era.

—You can say no.

No, no puedo.

Justo a mí

un día antes de manejar<br>cuatro horas<br>por dos estados

Como sabía que la cabeza estaría dándome vueltas, pedí a las chicas pastillas de melatonina para poder dormir. Mientras cerraba los ojos hice del techo un pizarrón donde escribía y borraba preguntas: ¿por qué Debbie había decidido inscribirse a mi clase, por qué respondió a mi correo electrónico, por qué, de entre todas las personas en su vida, me había elegido a mí para confiarme su situación y pedir ayuda.

## Azúcar y leche

Llegué al apartamento de Debbie a las cuatro de la mañana. Una chica me abrió la puerta, pensé que era la roommate de Debbie, pero el lugar era pequeñito: una cama futón, un escritorio y una cocineta, imposible que vivieran dos estudiantes ahí.

—Ella es Alice.

—Mucho gusto.

Sus rostros tenían la señal inequívoca de haber pasado la noche en vela charlando y llorando.

—Voy al baño y lista, profesora.

Alice preparaba sándwiches, me señaló dos termos de los cuales emanaba vapor.

—Milk, sugar?

—No, gracias

La vi ponerle leche y tres cucharadas de azúcar al café de Debbie, esta salió del baño, directa a sus brazos. Se dieron un beso ligero en los labios. Alice le dijo I love you y después te amo.

Debbie cerró los ojos al subirse al auto. Bajé mi visor y el suyo para que no nos diera el sol al amanecer. No teníamos ni media hora en carretera cuando ya estaba dormida, recargó su cabeza en la ventana y cruzó sus brazos sobre su vientre. ¿Cómo podía dormir? ¿Cómo podía estar tan tranquila, después de todo?

Con azúcar y leche.

Subí el visor, que me viera el sol de frente.

El termo de café y el sándwich de Debbie permanecieron intactos.

Ella durmió todo el camino.

# Sala de espera

Janet, la amiga de las chicas, nos esperaba ya en la clínica. Nos quedaríamos en su casa después del proceso. Nos explicó que lo primero era el trámite y que era bastante sencillo. Primero la paciente y la acompañante llenan una forma con sus datos. Luego a la paciente le toman los signos vitales, presión, temperatura, peso. Luego hay que esperar a que la llamen.

—La aspiración, así se le dice, toma poco tiempo, pero la dejan en la sala de espera para asegurarse de que no haya un sangrado irregular. Después, vamos a casa. Ella caerá de sueño hasta mañana.

—Yo también, te lo aseguro.

Janet, me explicó que hacía esto todo el tiempo, recibir a amigas de amigas, a veces hasta amigas de amigas de amigas que necesitan resolver una situación que no debería ser tan complicada en pleno siglo XXI.

Mientras esperábamos turno miré a mi alrededor. Sentía una cosquilla por guardar un registro de todo. Nunca había estado en un lugar así. Era como cualquier consultorio, pero más frío que ninguno.

Sentadas en las distintas secciones de sillas había jóvenes acompañadas de mujeres mayores que bien podrían ser sus mamás, sus tías, esa amiga mayor que materna, aunque es posible que algunas no vinieran juntas, que hubieran llegado solas y que su charla fuera el resultado del lugar, de la situación, de que así somos las mujeres.

Esperaba encontrar chicas con el novio, parejas que habían cometido un error, pero no; también había, eso sí, un matrimonio al que le adiviné pesar por la forma en que se tomaban las manos, como si hubieran preferido que las cosas fueran distintas. Debbie acomodó su cabeza sobre mi hombro y dijo:

—Rosario tuvo varios abortos.

—¿Quién?

—Rosario Castellanos, tú nos pusiste a leerla el semestre pasado.

—Ella pensaba y escribía tanto en la maternidad.

—¿Tú quieres tener hijos? ¿Algún día?

—No creo.

—Yo sí. Pero si no tengo, está bien.

—¿Sigues leyéndola?

—Sí. Leo todas las autoras que mencionas. Quiero leer las de este curso que me perdí, le pedí tu programa a alguien.

—Me lo pudiste haber pedido a mí.

—A ti ya te he pedido bastante, mira dónde estamos.

—…

—Alice quería traerme, pero somos un par de idiotas y yo necesitaba alguien que fuera un apoyo.

No podía decirle a mi mamá, claro. ¿Te imaginas? Soy la primera de mi familia en ir a la universidad. La primera en acabar la prepa sin salir embarazada. Ya había roto un récord. Si se enteraran…

—Nadie tiene por qué enterarse. Nadie.

—Lo sabes tú, lo sabe Alice.

—¿Por qué me pediste a mí que te trajera?

—Porque tú sí nos miras. Siempre estás pendiente de nosotras. Si faltamos nos escribes, si salimos mal en algún examen, nos citas. Si somos unas pesadas criticonas con los compañeros, nos preguntas si estamos bien. Te aprecio mucho, profesora.

—Y yo a ti.

—Aunque no se note.

—Yo sé que no debí haber ido a esa fiesta, sé que no debí haber bebido o haber descuidado mi bebida. Y sé que debería reportarlo pero, y por favor no me juzgues, ni siquiera sé quién fue… todo esto es mi culpa.

—Carajo, Debbie. No, esto no es tu culpa, ¿cómo te voy a juzgar? Sólo lamento que tengas que pasar por esto.

—Yo también. Estoy enojada conmigo misma, lo único que hago es repetirme: Ya verás cómo pasa de instante a hora sagrada.

—Rosario Castellanos.

—¿Y tú qué estás leyendo ahora?

—Annie Ernaux, una autora francesa.

—¿Y de qué escribe?

—Mmhh... Escribe de lo que significa ser mujer. En algún lugar dice: Tal vez el verdadero propósito de mi vida sea que mi cuerpo, mis sensaciones y mis pensamientos se conviertan en escritura.

—¿Es rara? Una vez nos dijiste que a ti solo te gustaban las escritoras raras.

—¿Lo dije?

—Y que a las escritoras raras casi no las publican.

—Ni les dan premios.

—Ah, pero tienen lectoras como tú y como yo.

## Sin título

En este espacio debería haber una entrada
sobre esa última conversación con el escritor,
esa entrada en la que se le dice que esa noche,
después del pub, fue una agresión sexual,
que escribir de ello la acentúa,
la vuelve una invasión a la intimidad
y que, además, demuestra su necesidad
de verse como figura de poder.

En esa entrada también debería ir
la charla sobre los rumores de que él
y otros profesores hacían esos viajes juntos
con becarias, hacían fiestas después de los
congresos
y no solo cruzaban los límites de la relación
profesor-alumna
sino que además estaban realizando actos de acoso,
agresión sexual y violación
y que él puede decir que estuvo ahí pero no fue
parte de ello
pero estar ahí es ser parte de ello.

Esa es la entrada que falta pero
que no se va a incluir en este diario.

## Hace frío y no estoy triste

Diciembre de 2016

Querido diario:

Ya inicié el proceso de divorcio.

Todavía no se resuelve el caso en la universidad. Todo tomó otra velocidad después del tweet de Kelly Oxford y lo que desencadenó: Alice y otras chicas lo imprimieron y lo pegaron por todos lados en el campus. Nuestras estudiantes comenzaron a escribir en esas hojas sus historias de acoso. Los papeles se multiplicaron en todas las paredes, la misma historia con detalles distintos. Los decanos y el presidente de la universidad iniciaron una investigación. Por un momento pensamos que iban a rodar cabezas. Pero no. Torcieron los reglamentos para protegerlos y protegerse, porque tienen premios gordos y carreras largas. Les regalaron sabáticos o puestos administrativos a esos profesores. Les enviaron como visitantes o investigadores a otras universidades de otros continentes. Pero el río sigue sonando y siento que es el inicio de algo grande. Quisiera no equivocarme.

No soy pesimista, es solo que ya no quiero ser ingenua.

Por lo pronto, en unos días me voy. Pasaré las fiestas en México. Kim y Victoria se quedarán con Puga, mi gata. Vuelvo acá a fines de enero. No me gané la beca, pero decidí quedarme un semestre más. Con eso y el resto de mis ahorros voy a hacer una travesía diarística. En primavera a Massachussets a ver material de Sylvia Plath y los lugares en los que ella anduvo. Viajo con mis bibliotecarias y con Janet, la *Plathville guide*. A inicios de junio me voy sola a Uruguay. Estaré en la Biblioteca Nacional donde está la Colección Idea Vilariño.

Luego de regreso a México, Nadya y su jefa editorial van a tratar de que el hijo de Rosario Castellanos nos muestre las cartas originales que escribió para su papá y los diarios que se supone que existen. Amo eso: que, como el hijo de Sontag, sea él quien se encargue del archivo materno.

Y después de eso me voy a poner a escribir cartas, propuestas y muestras de escritura. Solicitaré ingreso a un par de doctorados, entre ellos el programa con la colección entera de María Luisa Puga que quiero ver y leer de cerca. Quiero seguir persiguiendo diarios y correspondencias de las mujeres antes de mí, detrás de mí, que me han estado haciendo a mí. Ya no me basta con leer diarios, hay que escribir de ellos, escribir de ellas, recobrar sus procesos y lecciones de escritura, observar cómo la escritura del día a día también es literatura.

Sé muy bien que la posibilidad de un rechazo. Si eso ocurre entonces no queda más que comenzar de cero y escribirme otra vida. Pero está bien, será una vida propia.

Una vida real y mía.

To: femme33@gmail.com
From: soundtracking@gmail.com
Subject: Diario de diarios

Octubre, 2019

Nadya mi Nadya,

Te estoy entregando este manuscrito a un mes de entrar a la década del 2020, a dos años y meses de toda esa marea que me dejó en esta orilla. Lo dejo tal cual lo pediste. Quien lo lea encontrará mi escritura sin pies ni cabeza, como le dijo Baudelaire a su editor, guardando las distancias, obvio. No tengo ningún problema con ser pies y cabeza.

Como te expliqué, acá hay de todo: unos cuantos diarios de la niña y preadolescente que fui, diarios de otras. Había muchas más, pues con cada autora me engolosiné en su momento, pero sentí que solo debía haber probaditas y dejarle a la lectora la tarea de lanzarse en su búsqueda. Espero que la brevedad de las citas no se vea como un extractivismo [tengo muchísimas bien localizadas para cada ocasión, ya me dirás si quieres más].

En este manuscrito también encontrarás sesiones de terapia, emails, chats, fragmentos de la vida diaria. Esto es lo que hay, fragmentos del día. Se escribe con lo que hay. Quiero saber si con lo que hay se puede hacer algo más. Algo leíble, medio literario. Seguro le sobran cosas y si me lo preguntas, lo único que le falta es una buena playlist, pero dame unos días y la armo.

No quiero decirte qué hacer, pero, si yo fuera tú, imprimía todo, separaba por secciones o temas, tiraba al piso y reacomodaba. Incluso me atrevería a recortar y, a partir de eso, decidir qué piezas sirven. Si fuera necesario, le diría a la autora que reescribiera, total, ¿quién dice que no podemos reescribir la vida? También se pueden eliminar momentos que resulten too much y solo aludir o hacer elipsis, otorgarle libertad a quien lea para que lo imagine mejor. O peor.

Te advierto, eso sí, que no estoy incluyendo nada desde el 2017 a inicios del 2019. No tiene caso, basta teclear #MeTooEscritoresMexicanos para que te aparezca toda la mugre en la que Él, sus "compadres" y tantísimos otros estuvieron involucrados.

Mi falso diario. Mi libro. O lo que sea esto, no es sobre ellos. Es sobre mí, es sobre ti. Es sobre nosotras, todas nosotras. O eso quiere ser.

Desde la Texanía,
Yo

P.D. 1. Sí, sobreviví a otro año del doctorado.

P.D. 2 No, Janet no viene a traerme mi credencial de reingreso al sindicato, viene de visita. Todavía no sé si hay onda entre nosotras o no y no me quiero precipitar.

P.D. 3. Pero si hay onda, mi escritura se alimentará del ir y venir entre las dos ciudades.

## Una escribe [con] esto

La página es un laboratorio; tal vez lo oí en algún lado o es la cosecha de esta [falsa] diarista. Sirva esto para decir que en ciertos momentos de esta novela me he quitado la armadura y he actuado con ligereza y libertad a la hora de acomodar fuentes, signos y referencias en la página. Se trataba sobre todo de ponerse en los zapatos de una diarista profesional. Es decir, ser prolija y desordenada, insurrecta y un poquito obediente, conforme fuera necesario.

Aunque al final encontrarán mis agradecimientos personales y luego una lista con las fuentes que utilicé para la escritura de *Una[ falsa] diarista* me es muy importante señalar los caminos que facilitaron mi proceso de escritura.

Durante la **fase de investigación** dos personas fueron vitales: Lucía Leandro Hernández y Alaíde Ventura Medina. Lucía es mi librera latinoamericanista, en 2022 me recomendó *Diario del Dinero*, de Rosario Bléfari, y *Diario Pinchado*, de Mercedes Halfon, autoras y diaristas que están y no aquí y que me llevaron a otras más; Alaíde me regaló *One line a day. A five year memory book* una libreta-diario de cinco años que me permitió a mí también llevar un registro de mis días.

Para la **primera sección** de la novela me apoyé de "La escena pedagógica sexualizada: Lolita, Galatea, Rita" artículo de Cristina Burneo Salazar para construir el horroroso concepto de las geishas.

Bill Clark, mi librero de El Paso me consiguió como relámpago *The Unabridged Journals of Sylvia Plath* y *Loving Sylvia Plath: A Reclamation*, de Emily Van Duyne; yo cito sin embargo la edición española de los *Diarios completos de Sylvia Plath,* me concentro en específico en sus años universitarios. La información sobre la relación entre Plath y Hughes y el caso de la herencia viene del libro de Van Duyne.

En la **segunda y en la tercera sección** de la novela hay dos bibliotecarias que, aunque imaginarias, son eco de la pasión de mis amigas, entre ellas Andrea Cote Botero y Sara Uribe. Sara puso en mis manos *Diario de una persona inventada* de Cecilia Pavón en 2023, el cual me llevó a *Nomadismo por mi país. Diario de Taller,* también de Pavón, ambos me ayudaron a configurar a la protagonista y a repensar algunas escenas y pedagogía en el aula ficcional y no ficcional; Sara me regaló *El Diario de Virginia Woolf Vol. I* (1915-1919), que, si bien no está en las lecturas de la protagonista, sí lo está en las de la autora.

Sara, además, me encaminó hacia la conferencia de Clemente Guerrero "Crítica al patriarcado en la poesía mexicana, nuevas masculinidades y una poesía por demanda" que, a su vez, me llevó a releer a Gonzalo Rojas y a repensar las masculinidades en la escena literaria. Andrea Cote, al verme en shock con los versos de Rojas, decidió darme otro al citar "Hacía bien en despreciarme..." y dirigirme a esa escena en Singapur incluida en *Confieso que he vivido* de Pablo Neruda. Sobre este último tema y la protección hacia figuras de autoridad que abusan de su poder, me acompañé del trabajo docente y legal en Chile de la Abogada Pamela Martínez y de las reflexiones de Claire Dederer en *Monsters: A Fan's Dilemma.*

La Oración de Desdémona del *Otelo* de Verdi fue una elección de Ana Cecilia Aguilar, guardiana del soundtrack de este libro. La idea de la falsa lesbiana es resultado de mis conversaciones con Gabriela Contreras sabernos y amarnos raras.

Esta novela es sobre todo el resultado de lo que aprendí leyendo diarios de escritoras y con los libros y ensayos de: Alberto Giordanno, Leila Guerriero, Sonya Huber y Begoña Méndez.

Agradecimientos

Este libro no sería lo que es sin Eloísa Nava, su paciencia e inteligencia editorial y esos miércoles de lectura en voz alta hacen que coescribir sea una maravilla. Gracias a Scarlet Perea por otra hermosa portada. Gracias infinitas a Bernat Fiol, mi agente, por seguir encontrándome casas bellas.

Gracias a quienes leyeron distintas versiones de esta novela: Ana Cecilia Aguilar, Gabriela Contreras, Minerva Laveaga, Iliana Pichardo y en especial a Alaíde Ventura Medina, quien tuvo que leerla unas mil veces en sus múltiples versiones. Qué fortuna tenerlas en mi vida, amigas.

Gracias a Bryan Mosquera por su inmensa ayuda con la bibliografía.

Gracias a mis alumnas, con y por ustedes he aprendido más de lo que se imaginan.

Last but not least, gracias eternas a Irina Díaz por gritar "Woo Hoo!" cada vez que resolvía algo en este libro.

## Referencias


Bléfari, Rosario. *Diario del dinero*. Mansalva, 2020.

Camprubí, Zenobia. *Diarios de juventud: Escritos. Traducciones*. Fundación José Manuel Lara, 2015.

Castellanos, Rosario. "Lección de cocina". *Álbum de Familia*. Joaquin Mortiz, 2012.

Céspedes, Alba. *El cuaderno prohibido*. Seix Barral, 2022.

De Samper, Soledad. *Diario íntimo*. Biblioteca Nacional de Colombia, 2016.

Dederer, Claire. *Monsters: A Fan's Dilemma*. Vintage, 2024.

Di Giorgio, Marosa. *Historial de Las Violetas*. Aquí Poesía, 1965.

Dueñas, María. *El diario*. Kindle ed., 2016.

Ernaux, Annie. *La escritura como un cuchillo*. Editorial Cabaret Voltaire, 2023.

Ernaux, Annie. *La mujer helada*. Editorial Cabaret Voltaire, 2015.

Gaite, Carmen Martín. *Cuadernos de Todo*. Debolsillo, 2003.

Giordano, Alberto. *La contraseña de los solitarios: Diarios de escritores*. Beatriz Viterbo Editores, 2014.

Guerriero, Leila. *Los Malditos*. Ediciones Universidad Diego Portales, 2011.

Halfon, Mercedes. *Diario pinchado*. Entropía, 2020.

Huber, Sonya. *Voice First: A writer's Manifiesto*. University of Nebraska Press, 2022.

Jiménez, Juan Ramón. *Platero y yo*. Editorial Everest, 2006.

Méndez, Begoña. *Heridas abiertas*. Wunderkammer, 2020.

Morgan, Robin. *Monster*. Vintage Books Edition, 1972.

Morgan, Robin. "Conspiracy of Silence Against a Feminst Poem". *The Feminist Art Journal*, Vol. 2, 1972.

Neruda, Pablo. *Confieso que he vivido*. Austral, 2010.

Nin, Anaïs. *Diario I (1931-1934)*. Bruguera, 1977.

Pavón, Cecilia. *Diario de una persona inventada: Poesía reunida*. Blatt & Ríos, 2023.

Pavón, Cecilia. *Nomadismo por mi país: Diario de Taller*. Blatt & Ríos, 2024.

Pizarnik, Alejandra. *Diarios*. Editado por Ana Becciú, Lumen, 2022.

Plath, Sylvia. *Ariel: The Restored Edition*. Foreword by Frieda Hughes, Harper Perennial Modern Classics, 2018.

Plath, Sylvia. *Ariel*. Edited by Ted Hughes, Faber and Faber, 1965.

Plath, Sylvia. *La campana de cristal*. Editorial Random House, 2020.

Plath, Sylvia. *The Unabridged Journals of Sylvia Plath.* Edited by Karen V. Kukil, Vintage, 2000.

Puga, María Luisa. *Diario del dolor.* Dirección General de Publicaciones UNAM, 2023.

Rivas Mercado, Antonieta. *Obras Tomo I.* Editado por Tayde Acosta, Siglo XXI Editores México, 2019.

Rollyson, Carl. *American Isis: The Life and Art of Sylvia Plath.* Picador, 2014.

Sarton, May. *The Journals of May Sarton Volume One. Journal of a Solitude, Plant Dreaming Deep, and Recovering.* Kindle ed., 2017.

Sontag, Susan. *Renacida: Diarios tempranos 1947-1964.* Editado por David Rieff, Debolsillo, 2012.

Van Duyne, Emily. *Loving Sylvia Plath: A Reclamation.* W. W. Norton & Company, 2024.

Vilariño, Idea. *Diario de Juventud.* Visor Libros, 2023.

Wilms, Teresa. *Diarios íntimos.* Editado por Julieta Marchant, Alquimia Ediciones, 2015.

Woolf, Virginia. *El Diario de Virginia Woolf, Vol. I: (1915-1919*). Tres Hermanas, 2017.

Esta obra se terminó de imprimir
en el mes de octubre de 2025,
en los talleres de Impresora Tauro, S.A. de C.V.
Ciudad de México.